それぞれの
芥川賞　直木賞

豊田健次

文春新書
365

『それぞれの芥川賞　直木賞』　目次

第一章　野呂邦暢の芥川賞ショーブ日記

社（文藝春秋）をやめて四年たちました。退社の折、次のような挨拶状を、お世話になった方々へお送りしました。

謹啓　時下ますます御清祥のこととお慶び申し上げます　さて私こと六月末日をもちまして文藝春秋を退社いたしました　「あさっては皇太子さまのご結婚　きょうは週刊文春の発売日」のコピーが紙面に踊った昭和三四年の春に入社して四〇年　「往時茫々」「往事濛々」　しばし呆然といたしております　数多くの作家の方々との出会い——現場で処女作・デビュー作・ヒット作・代表作・話題作に接する機会が得られましたことは出版人としてなによりのことだったと存じます　これも皆様の御好誼・御厚情の賜と深

く感謝いたしております　ありがとうございました　今後ともなにとぞよろしくお願い申し上げます
敬具

四〇年間のうち、のべ一〇年の週刊誌ぐらしをのぞく三〇年間のほとんどを文芸編集者としてすごさせていただいたので、作家のデビュー作やらヒット作には恵まれたといっていいでしょう。

入社してまもなく、創刊したばかりの「週刊文春」から転属になった出版部（書籍）で、まだ学生（明治大学大学院）の倉橋由美子さんを担当して『パルタイ』を出し、処女作とデビュー作・話題作の合体本を刊行する幸運を得ました。また、先輩の指示をうけながら、司馬遼太郎さんの直木賞受賞第一作ともいうべき『最後の伊賀者』や池波正太郎さんの受賞作『錯乱』、寺内大吉さんの直木賞受賞作『はぐれ念仏』などを手がけました。大宅壮一さんの担当にもなり、『共産主義のすすめ』『大学の顔役』——。以下、順不同、アトランダムにあげれば、五味康祐さんの『乱世群盗伝』、丹羽文雄さんの『鎮花祭』、松本清張さんの『小説 帝銀事件』と、さまざまな本を作ることになり、新人の身としては大変だった、というのも、週刊誌創刊のあおりで、雑誌「文學界」が出版部あずかりとなり、

「文學界」編集の仕事にもたずさわることになったからです。

文壇にデビューしたばかりの第三の新人たち――吉行淳之介さんや安岡章太郎さんに遠藤周作さん、小島信夫さん。まだ大磯にお住まいだった大岡昇平さんのお宅に連載の原稿をいただきに上り、海で泳いだりもしました。書き上げるまで海水浴でもしてこいというのです。お風呂を頂戴したこともあります。

高井戸の公団におられた武田泰淳さんを昼前に訪ねると、すでに「おでん」が湯気をあげ、百合子夫人がビールを注いでくれたりしました。東映の時代劇や警視庁シリーズの映画の話を、ひとくさり交して会社に行き、あいかわらず、泰淳サンは怠けて、原稿はできません、と上司に報告した後、デスクワークに没頭するような日々でした。

そんなころです、芥川賞・直木賞の下読み委員になったのは。昭和十年、文藝春秋の創業者である菊池寛が、亡友・芥川龍之介・直木三十五を偲び、その業績を記念して制定した賞に、たとえ末席ながらもかかわることは名誉なことだし、よろこばしいことだと感激したものです。

第一回「芥川賞」受賞は石川達三「蒼氓」、「直木賞」は川口松太郎「鶴八鶴次郎」「風流深川唄」他で、あの太宰治が「芥川賞」ほしさに数々の醜態や愚行を演じたこと、いまみれば、最も芥川賞的ともいえる中島敦が候補にはなったが、残念ながら受賞しなかったことなどのエピソードで、親しんできた賞でもあり、また学生時代に、石原慎太郎の「太陽の季節」や、大江健三郎・開高健の受賞作に熱中・興奮した身としては、この〝下読み〟という仕事が楽しくてしかたありませんでした。

事務局（日本文学振興会）から、数次にわたって何冊かの同人雑誌がわたされる。これに掲載されている小説に、かたはしから目を通し、すこしでもみどころがあれば推薦し、会合の席で、その理由を述べ、他の出席者の推す作品についても、意見、感想を開陳するというのが主な仕事——。

事務局は、外にアンケートを発して、候補作をつのります。これらを一読し、会議をひらき、議論をかさね、落すべきものは落し、残すべきは残し、候補作をきめていくのです。「週刊文春」在籍の期間をのぞき、社歴のほとんどの間、私は下読みをしていたことになるわけです。

話は前後しますが、田辺聖子さんが御著作『隼別王子の叛乱』（中公文庫）のあとがきで、次のように書きしるしておられます。

この小説の原型は、昭和三十五年の後半ごろ（正確な年代がわからないので）同人雑誌「のおと」七号に発表した、七十枚ほどの、「隼別王子の叛乱」である。（中略）……「のおと」は読みにくい誤植だらけのタイプ印刷で、大阪の片隅でささやかに出していた無名の同人誌であった。それを、文藝春秋の豊田健次氏が丹念に読んで下さって、すでに昭和三十九年にお目にかかったとき、「隼別王子の叛乱」について、一こと二こと批評して下さったことがある。私はびっくりし、とても嬉しかった。それも今はなつかしい思い出である。……

こんな生活を一年半ほどつづけて、私はまた「週刊文春」に舞い戻ることになります。数カ月、セクション班にいて、スポーツや芸能を担当しました。それから特集班に移り、切った張ったの事件物、スポーツ・芸能、はては政治経済にいたるまで、毎週、四、五頁の記事を書きつづけました。

高視聴率で評判の「てなもんや三度笠」の人気の秘密をさぐったり、密着取材が売り物の「この人と一週間」シリーズで「野次馬オヤジ・大宅壮一のMボタン」、プロレスの力道山やナベプロの渡辺美佐、「嬉しがらせて泣かせて稼ぐ・三橋美智也」や「明日は横綱おいらの天下さ・佐田の山」など、多くの人を取材し、原稿をまとめたものです。

昭和四十一年に待望の人事異動があり、「文學界」に、それも出版部あずかりではない独立した編集部の一員となり、欣喜雀躍いたしました。

さまざまな引き継ぎをすませたあとで、前任者から渡された部厚い原稿の束——一枚目に暢達な大き目の字で「壁の絵　野呂邦暢」とありました。これが、私にとって〝数多くの作家たちとの出会い〟の第一号ということになるのです。

野呂邦暢——。このときから八年後に「草のつるぎ」という作品で、芥川賞を受賞することになるのですが、冒頭に引用した文中の「現場で処女作・デビュー作・ヒット作・代表作・話題作」のすべてに私が接したのは彼一人だけといっていいでしょう。

そんな作家を中心に据えて、芥川賞にまつわる思い出深い話をしてみたいと思います。

幸いなことに手もとに、野呂邦暢の私あての手紙（封書）が百二十通ほど残っています。すぎさった、さまざまな出来事を想い出し、記憶を整理するよすがになることはまちがいありません。

ちなみに野呂邦暢の処女作は「壁の絵」、デビュー作は「鳥たちの河口」、話題作は「草のつるぎ」、代表作は「諫早菖蒲日記」と申し上げてよろしいのではないでしょうか。

私がいま所有している野呂さんの手紙のうち、最も古い日付けのものは、昭和四十一年四月二十四日の、「拝啓　今日〝壁の絵〟百二十九枚の書き直しを終え、書留速達にてお送りしました」という文章ではじまる便箋三枚の書状がそれです。

前任者の松成武治君から「壁の絵」の草稿をわたされた私はさっそく通読し、深い感銘をおぼえ、興奮しました。

舞台は九州の小都市とおぼしき「伊佐里」。諫早と伊万里を合成した地名でしょうか。主人公の阿久根猛は終戦前に満州から引き揚げ、いっとき伊佐里より大きなN市に住んでおりましたが、軍人であった祖父に引き取られ、伊佐里に移り住みます。おかげで〝新型爆弾〟の惨禍にあうことはありませんでしたが、母親はN市で亡くなります。

阿久根は、このころからすこし変った子供でしたが、この地に進駐してきたアメリカ兵たちに可愛がられたこともあって、軍隊への偏愛志向を強めていきます。あげくのはて、朝鮮戦争の記録に執着し、執拗に資料を集めているうちに、想像の世界で、米軍兵士の一員となり、戦闘に参加し、数々の武勲をあげ、凱旋するのですが、現実の阿久根は発狂し、各地を放浪し、伊佐里に舞い戻り、架空の、いくさの物語をのこします。この阿久根についての語り手が、高校の同級生だった「由布子」です。

この作家に芥川賞をとらせたい。視点と構成に多少の難はあるが、題材のユニークさテーマの重さ、なにより文章が佳い。明晳でのびやかで、視覚的描写に巧みである。私は、一目惚れしてしまったのです。

しかし、このまま掲載するわけにはいかない、手直ししてもらわなければ、と、挨拶状をかねた手紙を添え、小包で原稿を「長崎県諫早市城見町32　納所方　野呂邦暢」あてに送付した数日後に、書簡がとどいたというわけです。

なお、念のため申し上げますと、この当時、ファックスはもとより、性能の高い複写機もまだ出現しておりませんので、ナマ原稿がいったりきたりすることになる。

「納所」は本名、「野呂」は梅崎春生の「ボロ家の春秋」の登場人物の名前からとったペンネームだそうです。

手紙のつづき――。


八枚弱増えたわけですが、つけ加えた部分は敗戦前後の〝伊佐里〟の雰囲気と高校時代の阿久根猛のエピソードで、後半は削った章句があります。

作者の意図としては、阿久根の手記は二重の意味でフィクショナルであって、フィクションによるフィクションの批評というのが実現できたらと思っております。そうすると、前半、由布子の手記にかなりの現実性がなければならず、その重味でもって阿久根の世界の架空性が支えられるわけです。

この小説の主題は、〝内なるアメリカ〟であって、永年抱懐していたものでした。後半部を書きたいためにだけ前半部を書いたので、その点かなり危険な均衡を保っているわけです。

今度の原稿は完全に得心のゆくものとは言えませんが、これで中断していた作品にかかることができる気がいたします。私の固有な主題は人間的なものの崩壊を本人が自覚していてダメになるまいとジタバタするというのが骨子です。

顔も合せたこともない、もと週刊誌記者に対する、いささか気負いのみられる文面ですが、永年あたためていた題材に対する思い入れのはげしさと意気ごみは、ひしひしと当方に伝わってまいります。

そして次のような文章で、この手紙はしめくくられます。

「……余談になりますが、十年前、東京で暮していた時分、西銀座の文藝春秋社の前を仕事帰りに通りながら、いつかはこの建物に作家として足を踏み入れたいと考えたものでした」

このとき、野呂邦暢二十八歳、わたくし一歳上の二十九歳でした。再びいくつかの注文をつけたところ、こんな手紙が返ってきました。

前略。お手紙拝読して勃然と闘志が湧くのを覚えました。

ご指摘のくだり、私も承知していたのですが、後半を削除すれば〝こじんまりした〟作になるのではないかと思い、敢えて危険を覚悟で推敲したのでした。前半も含め、後半は刈りこんで風通しをよくします。

工夫は、後半をどのようにぶった切って由布子の手記にはさみこむかに集中されるでしょう。全体として枚数は百枚を超えることはあるまいと予想します。

唯一の不安は改変した結果が、〝こじんまり〟した佳作になる事です。

〝こじんまりした佳作〟を書くくらいなら、創作の行は無意と考えます、などと言うのは言い過ぎとしましても、現在の私には小さな完成を目指すつもりはありません。

本来なら返送料は同封すべきですが、あいにく手許不如意にて、後日、必ず御送り致します。


数日後、「書直しの腹案ができた。より短く、より強力になるという自信があります」という便りがあり、五十円切手が五枚同封されておりました。貧乏生活ながらなかなか律儀な性格の人物なのです。

次なる手紙は五月二十三日付け。


前略。一昨日、〝壁の絵〟発送致しました。記述者を、由布子に統一する事はついにできませんでしたが、阿久根猛の手記が四〇枚にへり、由布子が増え一対二のわりあいになっております。

結果はいかがでしょうか。どうしても猛の主語で語るのが不可であれば、また考えてみます。何度書き直す事も辞さないつもりです。

なんどか手紙をやりとりしているうちに、突っ張りやこわばりも消え、作者と編集者のあいだにそれなりの信頼関係が生まれてきたようです。

紆余曲折、デスクや編集長からの注文やらダメが出され、推敲に推敲をかさねた「壁の絵」が「文學界」に掲載されたのは八月号（七月刊）のことでした。この間、おそらく数通の手紙がとどいたはずですが、散佚したのか、手もとにはなく、「壁の絵」の稿料に対する礼状が保存されております。

> 前略。「文學界」ならびに稿料ありがたくいただきました。遅ればせながらお礼を申し上げます。特に稿料は初めと同じく一万円と思っていましたので、意外な嬉しさでした。作品を掲載されるだけでも名誉と考えております。

〝初めの一万円〟というのは、野呂邦暢と「文學界」との結びつきがはじまった「文學界新人賞佳作」の「或る男の故郷」の掲載料をさすものだと思われます。この当時、純文芸誌の稿料は、いまでもそうでしょうが、とても安く、新人の場合、五、六百円だったのではないでしょうか。

ところで、「壁の絵」の評判はどうであったでしょうか。文芸時評のほとんどは黙殺でした。とり上げたのは毎日新聞（昭和四十一年七月二十九日夕刊）の平野謙氏だけでした。それも、まったく見当はずれの誤評というべきもので、作者も私もガックリきたものです。野呂さんの手紙（昭和四十一年九月四日）にはこうあります。

> 　言及（時評に）されなかった理由の何割かは、私のせいでもあると思っていましたが、毎日（文芸時評）の平野（謙）氏が〝朝鮮へ行った日本人の物語（朝鮮戦争に参加した一日本人の過去と現在を描いた野呂邦暢の「壁の絵」）〟と評したのには弱りました。
>
> 　行かなかったにもかかわらず行って戦った〝ドラマ〟のつもりでしたので。しかし今は落胆にも馴れて小説評論エッセイを全部、自分で書いた個人雑誌を出そうかと計画していた所でした。そういう折も折でしたので、お手紙ほど私を勇気づけたものはありません。

後段には、なんとしてでも、いちど会いたい旨が記されてありました。
こうやって思い出話をしておりますと、まるで私が野呂邦暢ひとりだけを担当していたように見えるかもしれませんが、文芸誌の仕事は、そんなノンキなものではありません。新潮社の「新潮」や講談社の「群像」などとちがって、私たちは「文學界」だけではなく、「別冊文藝春秋」という季刊の小説雑誌の編集にも従事していたのです。

当時の私はといえば、「文學界」の一員として、大岡昇平氏や野間宏、平野謙、武田泰淳、安岡章太郎、吉行淳之介、開高健、大江健三郎諸氏などを担当しながら、野呂邦暢をふくむ相当数の新人作家を受けもっておりました。

野呂邦暢が前年応募して佳作に入った「文學界新人賞」の応募作品にも目を通さなければなりません。

当時の編集スタッフは編集長を入れて五名。送られてきた原稿を均等に頭数で割ります。百本前後の生原稿を読み、その中から各自、二、三本を選び、まわし読みをして、部員一堂に会し、討議をかさね、候補作をきめます。

野島勝彦「胎（たい）」（上半期）、丸山健二「夏の流れ」・宮原昭夫「石のニンフ達」（下半期）が、この年（四十一年）の受賞作でした。

丸山健二と宮原昭夫が同時受賞したときを回想した拙文を左に掲げます。

丸山さんがボクシングをやっていたと、直接本人の口から聞いたのは、かれこれ十年前の文學界新人賞授賞式のときである。

授賞式といっても、受賞された方に会社に来ていただき、編集部の者と歓談した上、賞品および賞金を手渡すといったささやかなものだが、この席上、丸山さんは、説き来り説き去って我々をビックリさせた。

「石のニンフ達」で同時受賞の宮原昭夫さんも、いつ果てるともしれない丸山さんの冒険譚やら失敗談にたえず微笑をうかべながら耳をかたむけておられた。

「パンチは強かったんですが、ガードが甘くて、やたらと打たれる。コーチの野郎は、とにかく相手を倒せばいいと、ブロックの仕方なんか教えてくれやしない。かなりのKO率でしたけど、そのうち腹を打たれすぎたせいか、肝臓をやられてしまって、ボクシングはやめました」

ヘッドギヤなぞ、およそ似つかわしくない童顔で、しゃべるから、よけいおかしい。

「トレーニングはきつかったの？」

と、宮原さんが訊いた。

「とにかく打たれ強くならなくちゃいけない訳だからランニングとメディシンボールと

チューインガム……」

「ガム？」

「アゴを強くするためですよ」

どこまでがホントなのかわからぬまま一同アッケにとられた感じで、ただただ聞きいるばかりであった。


「別冊文藝春秋」でお書きいただいた作家を列記すれば、松本清張、水上勉、有馬頼義、瀬戸内晴美、田辺聖子、黒岩重吾の諸氏。それに、「エロ事師たち」でデビューした異色の新人野坂昭如さんも私が担当でした。のちに「アメリカひじき」を「別冊文藝春秋」に発表し、直木賞を受賞するのですが、これはもうすこし先のことです。

新人といえば、なんといっても五木寛之さんでしょう。講談社の「小説現代」新人賞受賞作「さらばモスクワ愚連隊」で文壇の注目をあつめました。私たち文芸編集者も俄然いろめき立ち、この将来有望な大型新人の原稿をとるべく、さっそく行動が開始されました。私もその一人でした。すぐに手紙をしたため、「別冊文春」に執筆を依頼しました。百枚以上、枚数は問わない、力作をお寄せ下さい。返事はじき来ました。快諾すると同時に、今後の抱負、構想、エンターテインメントはいかにあらねばならぬか、と気迫のこもった、熱っぽい長文のものでした。
かくして「蒼ざめた馬を見よ」が世に出ることになるのですが、発表は四十一年十二月。この年下半期の直木賞候補に推されることになりました。
昭和四十一年十二月六日付け（「別冊文春」の発売日は十二月四日）の野呂さんの手紙には「蒼ざめた馬を見よ」の読後感が述べられています。

前略。三日付のお手紙　五日に拝見いたしました。五木寛之氏は作品を通じて記憶にあります。「さらばモスクワ愚連隊」を一読した折、この人は初めから風俗小説を志したのではないだろうかと考えたことでした。別冊（文藝春秋）はすぐ購入しました。まっさきに「わが師　折口信夫」（加藤守雄）を読み、次に「蒼ざめた馬を見よ」を読みました。エリック・アンブラーの日本版という感想は的はずれでしょうか。この英国人ライターを私はグリーンより高く評価しているのですが。

このころを回想して書かれたエッセイ「初めて本を贈られた頃」（「別冊ポエム」特集五

木寛之・昭和五十二年十一月十五日）をご参考までに一部引用させていただきます。

「文學界」編集者T氏は私を担当すると共に五木さんも担当していた。「別冊文春」にのることになる「蒼ざめた馬を見よ」がまだ活字にならない時分だから、昭和四十一年の暮ごろだった。

T氏は私に手紙をくれた。あるいは電話だったか。十年以上も前のことなので前後の事情ははっきりしないが、何といわれたか鮮やかに憶えている。五木寛之という有望な新人が現われたこと、作家として彼が未知の可能性を秘めた素晴らしい才能の持主であること、「蒼ざめた馬を見よ」の新鮮な魅力、他に類のない独自の資質、とT氏は語ってから思い出したようにつけ加えた。

五木さんが私の中篇「壁の絵」を読んでおり、興味をそそられたとT氏にいったという。

この年の十月に野呂邦暢は上京、移転して間もない紀尾井町の社屋に私をたずねてきました。初対面が実現したというわけです。この時点では、まだ「壁の絵」が芥川賞候補になるとは判っておりません。

十月二十九日付けの手紙——。

在京中はお世話になりました。田舎を出たのも、いろいろ思い屈した事情から一時、ぬけだしたい気もあり、それが一週間の旅で洗い清められたと感じています。なかんずく、豊田さんとお話できたのは愉快でした。実は編集者というのは五十歳くらいのめったに笑いもしない人物ではないかと内心、気おくれしていたのです。また、とりわけ中島敦の研究家であることが私を有頂天といわぬまでも安心させました。

私も彼の読者であることにかけては人後に落ちぬつもりです。

自衛隊に入隊し、兵としての訓練をタップリ受けたという野呂さんの初印象はといえば、映画「地上より永遠に」のモンゴメリー・クリフトといった感じ。ＧＩカットというか、刈りこんだ短い頭髪、やや憂悶をおびたまなざし。ラッパをもたせたら、さぞかし似合ったことでしょう。同じ手紙の後半——。

昨日　東京の「三田文学」という所から一面識もない長尾一雄という人の名で、来年から編集者《ママ》の由、四〇枚〜六〇枚の小説を書いてみないかといってきました。同封された雑誌の奥付にある編集委員の顔ぶれ（安岡章太郎、江藤淳など）を見て驚きました。長尾一雄という人は「壁の絵」に——深い感動をうけ、「編集だより」には〝内なるアメリカ〟とあるが、むしろ、その〝アメリカ〟を通して更に内なる自己とその乖離がのぞかれる様で、興味深く読んだ——のだそうです。アニ　キンキジャクヤクセザルベケンヤ。稿料なしという点に魅力があります。四〇枚の短篇を送るつもりですが、のるかのらないかは神のみぞ知る、でしょう。

手もとに残された次なる手紙の前に一、二通、便りがあったように思われますが、十一月十二日付けの文面の近況によれば、

「三田文学」の短篇を書いています。半同人雑誌であるからには強いてお話をこしらえるまでもあるまい、と、思い切った作品にするつもりです。

題名は〝嘲笑うもの〟としました。

十一月三十日にはこんな便りが寄せられました。

「三田文学」から短篇の依頼があったことは、前に申し上げましたが、しめきりまでにまとまらず、一カ月の延期を乞うたところ、月末まで時間を与えるから送れということでしたので、やむなく〝白桃〟に手を入れて送りました。

あしからず諒承して下さる様、お願い致します。

普通の雑誌なら謝絶するのですが、一顧だにされなかった〝壁の絵〟のファンと名乗られるとむげには断れなかったのでした。

「壁の絵」のあと、私は野呂さんから二つの短篇――「狙撃手」「白桃」をあずかって、というより、書いてもらっておりました。「白桃」の方がすぐれているようにも思われましたが、当時はやりの少年物でしたので、「狙撃手」の方を「文學界」に先に載せ（十二月号）、「白桃」は書き直しをお願いして二、三の往き来があり、原稿は野呂さんの手もとにあったという次第。
十二月四日と記された手紙の全文――。

前略。今、書いている作品の次に書くものについて、あらかじめ内容を説明しておきます。

何故かというと、その「解纜のとき」は水を主題にしており、水は、大岡昇平氏の場合、「俘虜記」以来、短篇「水」、「黒髪」を通じて一貫した主題でした。

先日、「中央公論」誌上で氏の書斎にタカクラ・テルの「ハコネ用水」を発見し、これはうかうかしてはいられない、と思ったわけです。

上京もひとつは、地下水探索法に関する参考書を探すつもりでした。

模倣と誤解されないために、急いで書かなければなりません。それも良い作品を。

私には十二、三の短篇と片手の指にあまる程度の中篇と二冊分の長篇の計画がありますす。それだけしかありませんが、それだけはぜひ書けるし、書かねばなりません。

あとは野となれ、です。

先に引いた、五木寛之さんの「蒼ざめた馬を見よ」についての寸感（十二月六日付）の後段に認められた文章も写しとっておきましょう。

今　書いているのは、人肉食がテーマです。東京で、倉橋（由美子）女史の動静について たずねたことがありましたが、女史も、ある新聞で「人肉常食」をテーマにとりあげる予定と聞き、急ぎとりかかった次第です。

しかし、人肉食は表面のモティーフであって、実際は、個人の放恣な空想が現実のモラルによって破壊されるというのが骨子であって、題材によって鬼面人を驚かす底意はありません。

時は、敗戦直後の飢えた時代、人物は少年群と一人の青年、一人のアメリカ兵。舞台は当地です。

後半で殺人を扱いますが、あくまで、どぎつい描写にならぬ様、心がけます。死体は現れません。刑事訴訟法も調べる必要はありません。

枚数は百二十枚、多くても百四十枚を越える事はないはずです。

書きあげる予定日は来年一月二十日に決めています。初めは今年の十二月二十五日を目標にしていたのですが、欠点を少くするため、しばらくの猶予を乞うわけです。

今度のお便り（十二月二日付け）は、この作品〝人間の實〟の創作にあずかって大いに力になりました。のち程、「艶歌」も「ＧＩブルース」も探して読むつもりです。

服部達以後、一時期の江藤淳を除いて信頼できる批評家を私は知りません。

この上は〝沈黙して想像する〟ほかに生きる道はありません。


昭和四十一年下半期の芥川・直木賞の候補作がきまりました。予想どおりというか、それ以上というべきか、私の担当作品は、芥川賞では、丸山健二「夏の流れ」、宮原昭夫「石のニンフ達」、柏原兵三「兎の結末」、竹内和夫「孵化」、それに野呂邦暢「壁の絵」、直木賞は五木寛之「蒼ざめた馬を見よ」というニギニギしさでした。下馬評によれば、直木賞は文句なし、他をよせつけず「蒼ざめた馬を見よ」。芥川賞は混沌としておりましたが、史上最年少の丸山健二が頭一つリードし、これを宮原昭夫、竹内和夫、柏原兵三が追うというのが大方の予想でした。ここで私は大変なジレンマにおちいることになります。

本命の丸山、対抗の宮原、竹内、柏原は、いずれも私の担当なのです。その駿馬たちが、そろって芥川賞レースに出走するのです。野呂さんにもがんばっていただきたいのですが、どうも、入賞はむずかしいようなのです。

競馬のタトエは下品ですので、学校の比喩で話をすすめてみましょう。

生徒に対してエコヒイキは、よくありませんが、「文學界」の〝諫早分校〟で孤独な学習をつづける野呂さん、直接の指導もなく、まるで添削講座のみを受講しているような野呂さんがフビンに思えてならないのです。

野呂さんの立場を想像すると、東京の作家は課外授業やら補習をうけているのではないか、試験を受けるまえに特別な情報を得たりしているのではないかと、ネタミやらソネミ、疑心暗鬼に懊悩することがあったのではないかと、いらざる心配をしないでもなかったのですが、手紙には、そのようなことは、いっさい書かれてはいませんでした。

芥川賞選考会は予想どおり丸山健二の「夏の流れ」に授賞がきまりました。「石のニンフ達」も、かなりの健闘で、それなりの評価を得ましたが、「壁の絵」は強力な支持を得ることができませんでした。

瀧井孝作氏の、丸山健二「夏の流れ」について触れた選評を引用します。

丸山健二氏の「夏の流れ」は、日常生活の何気ない中に不気味なものを蔵して居る短篇だ。死刑囚の居る刑務所の看守の日常生活を描いて、人の命の重さをハッキリと見せた小説だ。私といふ一人称の筆だが、簡明な事物の描写だけで、心理は何も述べてないが、私は幾度も人殺しをして居るといふ、憂うつな職場の意識、その悩ましさが日常生活にも覆ひかぶさる感じだ。刑務所勤務でも、家庭でも、休日に気晴らしの谷川の魚釣でも、末尾の妻子と共に海水浴でも、何かいつも浮かぬ顔だ。この主人公は、人の命の重さに悩まされて居るのだ。――日常生活の何気ない中に不気味なものを蔵したこの作は、以前の、庄野潤三の「静物」といふ小説の方法にも似通ふかと見えた。この「夏の流れ」といふ何気ない題もよい。生命の流れの意味もあるやうだ。

大岡昇平氏と中村光夫氏は「夏の流れ」と「石のニンフ達」の二作を推して、次のような選評を寄せておられます。

宮原昭夫「石のニンフ達」の若若しい感覚と機智は、文句なく面白い。芥川賞にふさわしい華々しさがあるので、一度は「夏の流れ」と二篇当選と提議してみたくらいである。

しかし「夏の流れ」には最後には殆んど全部の委員の票が集ったのは、作品の力ということになろう。

死刑というショッキングな題材を扱いながら、作者は冷静で落ち着いている。死刑執行担当者の心理の洞察においても文章においても、自己統制が出来ている。作者は若く、あまり小説を書いた経験はないそうだが、これも将来を期待させる材料である。芥川賞は本来若者のものなのだから、受賞は当然といえよう。（大岡昇平）

今度は同じ程度の出来の作品が多かったので、選考が紛糾するかと思いましたが、意外に早く「夏の流れ」（丸山健二）に決定しました。

ほかにない魅力がこの作品にあったせいでしょうが、一方欠点もかなり眼立ちます。どぎつい題材を扱いながら、それにもたれかからず、軽く仕上げたところが作者の人柄を感じさせますが、看守の家庭の描写に生活の匂いが欠けていて、全体が絵にかいたようなきれいごとに終っています。

しかしこれも作者の年齢を考えれば自然なことなので、処女作にこれだけのものが書ける若い才能は、多少冒険でも買ってよいでしょう。

「石のニンフ達」（宮原昭夫）も、女子高校生をうまく描いた作品で、彼女らの集団演技や生ぐさい反抗が、さっぱりした筆致でよく捉えられています。僕としては、これと「夏の流れ」の二作受賞を主張しましたが、支持を得られませんでした。（中村光夫）

われらが野呂邦暢の「壁の絵」については、「夏の流れ」を推奨した瀧井孝作氏だけが、まとまった感想を述べられております。

野呂邦暢氏の「壁の絵」は、筋も何もメチヤクチヤの小説のやうだが。朝鮮戦争の志願兵が帰還して精神分裂症になつた、その手記をつづつた後の半分はこのメチヤクチヤも本当らしかつた。米兵たちが朝鮮戦争で苦戦の場面もハツキリわかり、現今のベトナム戦線なども思ひ合はされた。武器だけにたより、戦争の目的のない兵隊は負けるにきまつて居るようだ。

どうやら「壁の絵」の誤読、誤評は野呂さんにとって宿命のようですが、同作品の加筆、補筆、削除の大改訂をお願いした当事者としては、まことに居心地わるく、誤読の元凶は我なり、と大声で叫び出したいような心境でした。
はじめての芥川賞候補にあげられた際の心境をつづった書簡があってもよさそうですが、手もとにあるのは、めずらしく封書にあらず、端書き（昭和四十一年一月三十一日）でした。

当地駐在の新聞記者の好意により、今後、東京までの電話を無料で使用できる様になりました。こちらからは即時になっております。先日も、その電話を拝借したのですが、選評を読めば判る事をくだくだしく問い合せて、あさましい限りでした。丸山氏の入賞は妥当だと思いますが、自分の作風は変えるつもりはありません。

受賞できないのは納得するとしても、選評にほとんどとり上げられなかったのは、かなりショックだったのではないでしょうか。そんな折に「白桃」が「三田文学」に掲載されました。

「三田文学」二月号が、私の短篇「白桃」を掲載してくれました。多少、手を加えた所もありますが、「壁の絵」の次に愛着のある作品です。

芥川賞さわぎで体調をこわしたか、スランプにおちいったのか、苦渋にみちた手紙は三月十八日付けです。悲壮と不安、二つながら我に在り、といった文面でした。

前略。また延期をお願いするのは心苦しいのですが、編集の都合もおありでしょうから、おわびする次第です。

昨年末から続いている不調のため、ここしばらく筆をおいて作品に距離をもって検討しておるつもりです。そうすると、どこで行き悩んでいるかわかる様な気がします。

本来なら、新人の常として、やつぎばやに作品を発表できるはずなのですが、我ながら、このつまづきが奇妙でなりません。

私から「締切り」をなくして下さいませんか。「壁の絵」や「或る男の故郷」を、のびのびと書いていた時期、一昨年の初夏に戻りたいのです。

編集する立場の人に我儘な要求ですが、これ以外に方法がありません。

健康もようやく意識できるほどになり、創作の妨げになる様な金銭的なヒッパクも解決しましたので、ゆっくり時間をかけて豊田さんの期待に応えたいと思います。二、三の短篇を書き終えましたら、〝壁の絵〟に似たテーマで、もう一度、百五十枚以内の中篇を、完成します。

この作品が活字にはならないとしても、豊田さんに読まれるだけで本望です。

同学の友たち（ライバル関係にもありますが）の動向は気になるとみえ、こんな手紙をよこしたりしています。

宮原昭夫氏の〝やわらかい兇器〟（「文學界」六月号）について、文芸時評が黙殺したのは解せません。大岡昇平、平野謙、本多秋五、森川達也、日沼（倫太郎）、桶谷（秀昭）、その他、私の読めなかった批評もあるでしょうが、以上が論ずるに足りないという態度をとったのには、そして、他のどうでもいいような作品をあげつらったのには呆れました。

宮原さんに同情します。

昨日はせっかくの昼休みにだらだらと長話してすみませんでした。

原稿を送ったあとは、水準に達しているかどうか気になって仕方がありません。他の方が、どんな感想を持たれるかはさておき、豊田さんに、夕陽のくだり、終節のローマの兵士（「壁の絵」）、など判ってもらったようで満足しています。

ただ、相も変らず、文章がまずいことはケンソン抜きで認めざるを得ません。そのひけめもあって、匂うがごとき宮原（昭夫）さんの、また阿部（昭）さんの文章に魅せられるのです。

七月号（「文學界」）では、丸山（健二）氏のもの（「その日は船で」）をすぐに読み、ヘミングウェイの初期の短篇を連想しました。およそ、模倣しやすい文体といえば、ヘミングウェイのそれほど、真似しやすいものはないのではないかという気がします。自己批判の欠除という感想は下手な同業者のやっかみでしょうか。

これからまた書き続けます。今までとりかかって空中分解した作品に喰い下るつもりです。

昨日、三島由紀夫の自衛隊入隊について私が十年前やっていたことを今頃、やっていると申し上げましたが、これをきいた傍の友人が、〝いいのかい、そんなことといって。駈け出しが何をいうと気を悪くしないか〟と忠告してくれました。

そのことは百も承知ですが、こと自衛隊に関しては、前言をひるがえすつもりはありません。ただし、「サンデー毎日」に掲載された氏の文章は近ごろ達意の名文と見ました。

「白桃」が「壁の絵」につづき、芥川賞候補となり、気力も恢復したとみえ、こんな手紙（昭和四十二年六月二十八日）をよこしています。

八月末までに、書きあげる作品、〝砂州にて〟（仮題）は自衛隊と関係はありません。予告篇を上映したい誘惑はしきりですが、ここでは、作品にとりかかるきっかけになったものは、放送局のフィルム編集室でラッシュプリントを見たことだと記すにとどめておきます。

ご存知のように、このフィルムはネガティブですから、白い鳥は黒く、黒い海は灰色に映るのです。時は現在、舞台は有明海に注ぐ河口に近い地方都市。

〝白桃〟の件、前便で御礼を申しあげたでしょうか。

今度の受賞者は宮原さん（「やわらかい兇器」）です。自作に対する個人的愛着と客観的評価は常に一致するとは限りません。どの候補者もこう言うのだろうと思うのですが、正直のところ、そうです。選考日が近づくと身辺が騒がしくなりますけれども、二回目は処女ではありません。泰然自若たるものです。受賞の有無にかかわらず、この作品を推して下さった事に対する感謝の念は変りません。

このとき（第57回・昭和四十二年上半期）の候補作は前回にくらべると数が少なく、

「カクテル・パーティー」大城立裕
「白桃」野呂邦暢
「人間の病気」後藤明生
「にぎやかな街で」丸谷才一
「レトルト」なだいなだ
「魚」北条文緒
「やわらかい兇器」宮原昭夫

以上の七作品でした。

フタをあけてみると、野呂さんの予想は、みごとはずれ、受賞作は「カクテル・パーティー」でした。「いちばん読みごたえがあった」と推奨した丹羽文雄委員の選評の一部――。

（前略）この作者は戯曲も書くと略歴に書かれていたが、これにはその才能も大いに役立っているようである。ときにはその才能がじゃまをしていると思われるところもあったが、最後の娘の犯行の現場認証で立派に小説にしている。最後がことに印象的であった。自分の家のはなれを外人と日本女の情婦に貸していながらその外人に娘が犯されて騒ぎたてるのは筋がとおらないという批評も出たが、理屈ではそういうことになるが、個人の問題はまた別だ。この小説では大して傷になっていない。勝味のない告訴をあえてやらずにはいられない主人公の気持が胸を打つ。そしてこの気持が沖縄のひとびとをはじめ、われわれの胸に通うものである。

瀧井孝作氏は「カクテル・パーティー」を「あまりに達者なもので、作り物だといふ不安もした。（小説は読みながら、作り物とわかると、興味索然とするのだ。）」と不安視しながらも、受賞に値いすると支持されています。また、野呂さんの「白桃」にもふれて、

「……この人の前回の予選作『壁の絵』にも注目したが、これは、終戦直後の売り食ひ生活者の、子供の兄と弟とが闇米を小料理店に売りに行つた話で、子供の感情は、美しく書けて居た」と評されております。

四十二年八月九日付け手紙の抜粋――。

（芥川賞受賞）宮原さんと思っていましたが、『パーティー』とは意外でした。まだ発表（「文藝春秋」九月号）されておりませんが、カクテルの味を愉しみにしておきます。〝石のニンフ達〟の作者とこの先、張りあうのかと思いますと、すこぶる憂欝です。「文學界」速達便でいただき恐縮しました。まっさきに自作（「歩哨」）を読み、キズは目立つが、いいなあ、と思っています。始末におえません。

九月に入って体調をくずしたようです。

九月中旬より胃ケイレンの発作がおこり、十二指腸カイヨウと診断されて二週間入院しました。現在は、ほぼ治癒して（退院）気力を回復しています。

今月中旬までに書きあげる予定の中篇が、右のような次第で延期せざるを得ませんでした。ただ、発作の最中に、ながらく未定であった作品の題名を発見したのは収穫でした。

『棕櫚の葉を風にそよがせよ』

G・オーウェルの作品に、未訳ですが、〝Keep The Aspidistra Flying〟というのがあります。〝葉蘭を枯らすな〟とでも訳すのでしょうか。それからヒントを得たのです。この場合、葉蘭は、中産階級の象徴らしいのですが、僕の〝棕櫚〟は一つの青春のシンボルであります。南国のシンボルと見てもよいのです。主人公たちの内部で、そよいでいるもの、そういう意味です。

もっとも、フォークナーの〝野生の棕櫚〟を読まなかったら、この題を思いついたか疑問ですが。（中略）

「文學界」十月号、河野多恵子の連載「草いきれ」――わが国の女流作家で唯一の芸術家とうけとっています――と、（安岡）章太郎の作家論（「暗夜行路」私論）を注意ぶかく読んでいます。中村光夫の志賀論につけ加えるものがあるとすれば、それを書けるのは章太郎一人という気がします。

河野多恵子は以前、『男友達』に感心しました。〝草いきれ〟(題はよくない。何年か前、「新潮」にのった、プロレタリア作家のスキャンダル小説と同名)は傑作になりそうな予感がします。

僭越なお願いですが、宮原昭夫氏は、僕の作品を読んだ事がおありかどうか、あるとすれば、どんな感想を持たれたか、ご存知でしょうか。一言半句でもいいのですが。

(十月九日)


「文學界」の同窓生ともいうべき宮原さんの存在がかなり気になっているようです。自分より成績のよい、年上の学友が自分をどう見ているのか、評価をくだしているのか気になって仕方がないのです。ところが、そこはそれ、誇り高き野呂さん、すぐさま前言をひるがえす手紙を書いてよこしました。

前略。宮原さんの感想を、この人が優れた鑑賞家であると(豊田が)おっしゃったので、うかがいたいと手紙に書きましたが、いま考えますと、さもしげに思われますので、とりけします。ご笑殺ください。（中略）『草いきれ』の意外な展開におどろいています。この作家は、現代の女流小説家のうちで後世に残る唯一の人であるらしい。（中略）

駅前のバッティングセンターに通っています。三十球百円、打率は二割そこそことい
う情ないありさまですが、精神的には爽快です。つまり、その程度までには躰の方も恢
復しています。以上、勝手なことばかり書きました。

〝棕櫚の葉〟はようやく風にそよぎ始めたところです。今、三十二枚。（十月九日）

十一月には二、三通の来信があり、バッティングセンターでの調了が思いのほかよい、と言ってきました。阿部昭の作品――特にその文体には敬意を抱いているようでした。

この年の最後の書簡（十二月二日）は、「文學界」（新年特別号、十二月七日発売）についての感想、批評でした。

一、表紙、脇田和氏が変らずに安心しました。危惧していた唯一のことです。一つの提案。絵の部分をせまくして、表紙に刷りこむ。文字の部分を白メキにしては？（「朝日ジャーナル」のように）

二、扉の「現代詩」も賛成します。小野十三郎の中期の詩の他に、吉岡実、吉野弘、らの作品を私は好みます。

三、エッセイ欄のレイアウトは前より良くなったと感じます。

四、創作欄では、丸谷才一（「川のない街で」）の作品（小説）を初めに読んで、書き出しの文章の見事さに圧倒されました。

書き出しには二種類あって、ものものしいファンファーレ型と、フィッツゼラルド風の、さりげない型を例として示しますが、平易な文章でファンファーレ的な緊張をもたらす、この書き出しは、作者がそれほど苦労して、つくりあげたものと感じられないので一層みごとと思います。

五、同人雑誌より転載する試みは今後も続けて下さい。同人雑誌評も興味深く読んでいます。刺戟をうけます。

六、〝川のない街で〟の次に面白かったのは座談会〝日本的……〟でした。あるいは「文藝春秋」むきの内容かもわかりませんが、今月の小説より（丸谷を除く）、武田（泰淳）、江藤（淳）、司馬（遼太郎）、安岡（章太郎）らの発言にリアリティがあるのは妙です。もの書きとしては奮起しなければなりません。

七、八、とつづくのですが、割愛することにしまして、野呂さんが面白がった座談会について解説を付しておきましょう。

「日本的なものとは何か」というタイトルはいささか大仰すぎますが、副題に「文学的シンボルとしての乃木希典をめぐって」とあるのをみてもわかるように、司馬遼太郎さんの、乃木を主人公にした小説「殉死」に触発されて出されたプランでした。

司会役の江藤さんは立板に水。幕末史の知識は、さすがの司馬さんもタジタジでした。「海舟余波」や「海は甦える」の著者だけのことはあります。三田の先輩の安岡さんが、かなり独断的ご意見を展開されると、すかさず、短くつづめて結論づける。みごとなコンビネーションでした。伏目がちにボソボソつぶやく泰淳さん。関西弁特有のやわらかなイントネーションで説ききたり説きさる司馬さん。座は大いに盛り上ったのですが、速記の整理とまとめに、これほど大汗をかいたのは、後にも先にもありませんでした。

第58回芥川賞（昭和四十二年下半期）には、ご本人はもとより、気になる存在の宮原昭夫も候補にはなりませんでしたので、四十二年の暮からお正月にかけて久しぶりにおだやかな日々をすごしたようです。

前略。一月二日、早朝「棕櫚の葉を風にそよがせよ」百七十三枚脱稿しました。清書の過程で百五十枚程度にちぢめようとしていますが、新しいイメージが現れて長くなれば、それもよし、という気構えでおります。

十二月一杯に清書の予定が延びたのは力倆不足と見なされても仕様がありません。先日も申しましたように、一月下旬、清書完成を約束しましたが、ここまで永くなりついでに念入りに推敲させて下さい。二月下旬を一応のメドとしています。甚だ勝手ですが。

年末に稿料、雑誌ともどもいただき有難うございました。稿料は早速、無駄づかいさせていただきます。（中略）

私見ですが、作家以外に、ときにはそれ以上にすぐれた文章を書く人に、武満徹、池田満寿夫、坂崎乙郎、吉田秀和、遠山一行、岡本謙次郎、団伊玖磨、といった顔ぶれがあります。面白い現象だと思っています。他にも居るのでしょうが、知っているのはこれだけです。（中略）

有明海に注ぐ川の下流から河口一帯の湿地にかけて、今、白鷺と千鳥、百合鷗が大陸から渡って来ています。九州の一月は既に風も肌に柔いようです。（昭和四十三年一月十

八日）

「鳥たちの河口」（このあと執筆される）の作者にとって、一月の風は肌に心地よかったかもしれませんが、一月二十二日の選考会を前に、候補になった丸谷才一「秘密」（芥川賞）と野坂昭如「アメリカひじき」（直木賞）を担当する私としては緊張せざるをえませんでした。ちなみに丸谷さんは野坂さんの高等学校（新潟高校）の先輩で、しかも媒酌人という間柄（賞とはあまり関係ありませんが）。

「アメリカひじき」のもともとの題名は「落下傘の夏」でしたが、これではキョクがなさすぎる、野坂さんらしくない、それに「夏」とつく小説タイトルが多すぎると思い、「アメリカひじき」に改題してもらった――なにしろ、「受胎旅行」、「火垂るの墓」、「ああ水銀大軟膏」の作者ですからね。

　芥川賞は、「徳山道助の帰郷」（柏原兵三）、直木賞には、野坂昭如「アメリカひじき」「火垂るの墓」および三好徹「聖少女」と、それぞれ決定いたしました。

　芥川賞の選評を一篇（永井龍男委員）抜粋しておきましょう。

今回最後まで残った三作品は、戦争を中心にしていずれもわれわれの印象に最も近い過去の日々と、人物に取材していた。

柏原兵三氏の「徳山道助の帰郷」は、経歴ある一軍人の一生をあたたかみのある筆致で描いた。大砲の夢を見る辺りでは興ざめしたが、全篇を通じた寛闊な雰囲気に、ある感動を与えられた。そのあたたかみに反撥をおぼえるとなれば、話は別である。

丸谷才一氏の「秘密」は、終戦日を鍵にして組立てられた短篇小説らしい短篇小説ということが出来ようか。作の三分の二を過ぎてから、にわかに先を急いだらしい形跡があり、企み過ぎて何もかもと気を配ったのが却って欠点になった形であるが、前作の「にぎやかな街で」と合わせて、才気を感じさせる。その才気が問題だとすれば、これも話は別になるであろう。

佐木隆三氏の「奇蹟の市」は、終戦後の工業都市を舞台に、少年少女の生活を強烈な色彩で描破した。今回の候補作中最も若い作者の作品にふさわしく、既成の道徳や約束もすべてたたきこわそうとする。表現も確かなものがあるが、なにもかもねじ伏せてしまおうとする筆力のかげに、作者の強引な底意がちらつかないではなかった。

四月七日付けの手紙――。

一昨夜、原稿（「棕櫚の葉を風にそよがせよ」）、書留速達でおくりました。百五十枚と言われれば、きちんと、その枚数におさまるのがマカ不思議です。

問題が一つ。冒頭、公園にて、徒歩の旅行者に〝旅への誘い〟を触発されるのは、四十年秋、「文學界」新人賞佳作に入った〝或る男の故郷〟以来、一つのイメージなのですが、昨夜、〝ヴェニスの死〟を読みたくなって、同じく初めに主人公があやしげな旅人によって卒然と異国に憧れる描写があり、奇異に思いました。（トーマス）マンは高校時代、殆んど全作品を読むほど熱中したものではじめてではありませんが、果してこれは盗作、あるいはヒョーセツのそしりをうけることになるのでしょうか。私自身は被告として無罪を主張したいのですが、編集者の公平な審判を期待します。

ヒョーセツといえば、〝壁の絵〟において、例えば、モビィディックの書き出し、「私をイシュメルと呼んでくれ…」という語調から、「鉄兜について語ろう」という句を思いつき、シェイクスピアのリチャード三世の「馬を曳け。馬を曳いた者には国をやる」

という句から、同じく〝壁の絵〟で、「私の部下はどこへ行った。私の部下を返せ」という語のひびきを発想しました。これは許された影響だと思います。

しかし今度の場合、旅行者＝旅＝それを見守る主人公、という設定があまりに近似的で弱っているのです。なくてはならない光景ではないのですが、作者として、これはつかいたい。実際、目撃したことだ、というのは、この際、弁解になりません。あくまで、第三者の厳格な批評を望むものです。

ついでに申し上げれば、マンの作品にかつて、あれほど熱中したのが奇妙に思えます。ミイラの博物館を連想しました。

一週間後にとどいた手紙では「文學界」五月号に載った島尾敏雄の作品「オールド・ノース・ブリッジの一片」を絶讃しておりました。

……この人は語感が豊かで、ということは聴覚が鋭い、甚しく鋭いことではないかと推測します。ページを追って、感心した文章を列記すれば、20P1行目「そこはもう私の戦場」。21P21行目「…飲酒台（！）の湾曲したあたりの丸椅子によじのぼるふうに……うでを交叉してかさね…」が特にいい。

22Ｐ「うべなうときは構えがくずれて…」

23Ｐ19行目「両どなりの客は…」以下の観察。

24Ｐ12行目「建物は古びても使えないわけではないのだから……」

24Ｐ下段14行目「発動して」という昔の軍隊用語がすっと出てくる、意識せざるユーモア。

25Ｐ下段9行目「しゃがんで見ているひとは居ないな、と思いながら私も……」

29Ｐ8行目のアームストレッチ夫人の言葉「……」。ひょっとすると、本名はアームストロング夫人ではなかったか。その強い調子をやわらげてストレッチにしたのではないか。これは僕の臆測。更に18行目からの外景の描写。

32Ｐ20行目「仕方なく唇をとじたまま横に伸ばし目を細めて笑いかけるだけなのだ」という自分の表情の冷たい描写。グロテスクなほど。

33Ｐ17行目「さわやかな微笑がこみあげて…」。さわやかというコトバが、これほど適切につかわれた例を他に知りません。

このころ、丸山健二は、初期の代表作ともいうべき、「正午なり《まひる》」を脱稿しており、最初の読者である私を欣喜雀躍させたものです。やはりタダモノではない、というのが、この作品を読んだときの実感でした。そんなことを野呂さんの耳に入れたのでしょうか、彼は書いてよこしました。

丸山健二氏の才能には感心しております。〝夏の流れ〟も〝雪間〟〝その日は船で〟も好きな作品です。及び難さを感じます。この人は今に傑作を書く、真実に文学的な、という予感がします。先に賞をとっていて助かりました。（中略）

〝正午なり〟には参りました。してやられた、感じです。聴いた瞬間、ニーチェを連想しました。『凪』というイメージも。田舎名士の心配は無用です。いささかも。

丸山さんは後に、「正午なり」を書いたころを想いおこして次のように述べております。

……担当の編集者だったB社のT氏が、私の身勝手さと厚かましさに辟易しながらも、もっと長い小説を書いてみないかと勧めてくれたのだ。私を信じてくれたのか、あるいは小生意気な新人に見切りをつける前に最後の機会を与えたのか、そのへんのことはよくわからない。長編小説に挑んで己れの実力のほどを試してみたいという気持ちがむくむくと沸き起こった私は、東京の木造アパートの一室におよそ半年のあいだ閉じこもり、『正午《まひる》なり』を書きあげた。それをいつも手厳しい批評をするT氏に見せると、彼は「これはいい」と言った。いい小説だと言ったときのT氏の顔は、あれから二十数年経った今でもはっきりと覚えている。もしかすると、T氏のあのときのあの顔が私を結局この世界に踏みとどまらせたのかもしれない。

『正午なり』を書いたことで少し肚が固まった私は、生活費を切り詰めたり、静かな環境を求めたり、放射線にも似たマスコミの脚光を浴びた後遺症を治したり、文学の新しい鉱脈を捜したりするために、信州へ移り住んだ。そうはいっても、『正午なり』で得た情熱が以後変ることなく保たれたというわけではない。三十歳を過ぎたとき、またしても例のばかばかしいという思いが頭をもたげ、小説以外の仕事をして何年間か過した。しかしそんな日々にも嫌気がさし、もう一度T氏のあの顔が見たくなって、今度は自分でも呆れるほどの凄じい勢いで小説にのめりこんでいった。のめりこみつつも、ふとこんなことを考えてみたりする。『正午なり』を書かなかったほうがよかったかもしれな

い、と。（自作再見『正午なり』朝日新聞　平成二年五月六日）

私はいまでも丸山健二の〝代表作〟は「正午なり」である、と言いつづけて、丸山さんをクサらせているのですが。

野呂さんには、宮原、丸山の両作家はいつになっても気になる存在のようです。

人のことなど、どうでもいいと言ってしまえないものが宮原さんの場合はあります。〝石のニンフ達〟を書いた人がどうして〝小船の上で〟を書くのか、というのは余計なお世話でしょうか。

奥さんも会社の仲間も兄も生彩はあり、面白く読めるのは、あまり〝長すぎる坂道〟と変りませんが、こんな事柄を面白がっては困ると思うのです。

僕は、宮原さんの失敗をあげつらう資格はない。決してない。しかし同時代人としての共生感を（世代というのは厭なコトバなので）、丸山さんと共に、この人に強く覚えるので、あえて気をもむのです。

丸山さんが、みるみる僕のうちで大きな存在になる一方、宮原さんが〝やわらかい兇器〟を経て、どうして〝小船の上で〟に至ったのか。同時代人としての共生感とは、丸山さんが傑作を書けば、自分が書いたのと同じことだと思って、宮原さんが変な所で足踏みしていると、自分の停滞のようにも感じるのです。僕はただの田舎者かもしれません。

この二人と、年齢は互いにちがう、五歳と六歳といえば、かなりの開きですが、その年齢の差を感じることはありません。ヨミが足りないのか、と初めは思いました。小船は、わが日本という現実のシンボルなのか。36歳にしては、あまりに幼いではないか。僕のことはタナにあげてブツブツ言いたくなるのです。〝ニンフ〟や〝兇器〟にあった「現代」のヌラヌラした手ざわり、六月の夕べのような底光りする文体、エロティックな緊張感はどこへ行ったのか、田舎者には分らぬのです。

野呂さんにとって慶賀すべきことが起こりました。読売新聞の文芸時評（吉田健一）に作品（「棕櫚の葉を風にそよがせよ」）がとりあげられ、好意的な批評を得たのです。

「読売」の評、知らせていただき、ありがとうございました。そうでなかったら、最後まで、かかわりあわなかったでしょうから。

自作が、その意図どおり、完全に汲みとられたのは（時評で）初めてです。とくにその人が、〝英国の文学〟や〝近代文学論〟の著者であってみれば尚更です。

なぜ、作品の数ある欠点には触れず、一方的に褒めてくれたのか、これは疑問です。氏の読者である以外、一面識もなかったのでした。

この感謝を、手紙で表明したいと今、思案しています。作品が、とりあげられたからといって、礼状をしたためるのは失礼ではないかという気がします。いかがなものでしょうか。

とりあげられようと、くさされようと黙って書くというのも一つの態度なのだと、一方では思うのですが、僕の感謝を間接的に、豊田さんから伝えてもらってもいい、そうするくらいなら、悪筆をかえりみず、礼状を書く方が、と目下、迷っています。

丸山さんの作品を期待しています。戦争を全く知らない人が、どのように現代をうけとめているか、ずしりと重い手応えがあると、今から胸ときめく思いです。

丸山さんの「正午なり」は満を持して、「文學界」（七月号・六月七日発売）に発表されました。

昨日、「正午なり」を一気に読了。胸の高鳴るのを覚えました。作品にとりかかっていなければ、長文の批評をものする用意があります。結論だけ記します。殺人前の行為を描いたものとしては、傑作です。冒頭、村へ帰る描写を圧巻と、とりました。丸山さんは十年以内に、殺人（これを正確に殺人と呼べないのですが）、それも入念に計画された殺人犯を描くことになりそうです。ラスコリニコフが居る以上、道はけわしい。氏が書かなければ僕がひきうけます。

〈追伸〉「正午なり」に欠点を見出す人は終章に殺人、あるいは事故が描かれていることを指摘するでしょう。それを仮に欠点と認めても、それまでの描写がぬきんでて、読者を圧倒すると考えます。（昭和四十三年六月十二日）

六月二十六日付けの手紙の一部――。

丸谷才一氏の批評、わざわざしらせて下さってありがとうございました。今度の芥川

賞コーホには洩れたようですが、それより吉田先生や丸谷氏の論評を得たことが貴重に思えます。（中略）

ロマネスクなものを軽蔑しているのではありません。ただ、梶井基次郎のささやかな影響か、作品は書き出しの一行で読者をとらえるかどうかにかかっていると思いこんでいるので、ペンにみがきをかけないわけには参らぬのです。まだまだ自分は未熟だとツーカンしました。

今度も四十枚ていどの「十一月」という題名の作品を完成しようと考えています。アウトラインは、昨秋、病後できあがったものです。

野呂さんがコーホに洩れたこのときの芥川賞は、大庭みな子「三匹の蟹」、丸谷才一「年の残り」に与えられました。

選評を受賞作にしぼって二篇ほど掲げておきましょう。

丸谷才一氏は文壇経験も永く、多くの作品がある。外国文学の翻訳者の実績もあって、もはや芥川賞候補作家ではない、という感じを持っていた。五七期に「にぎやかな街で」が候補にのぼった時、その考えから票を入れなかったのだが、これは私が委員になってから日が浅く、芥川賞の性格について考え違えをしていたらしい。

大庭みな子氏の「三匹の蟹」も「群像」新人賞受賞作品であり、すでに世評が定っている。それに重ねて授賞出来るのは、芥川賞が普通の新人賞より一段上の権威があるからである。

「年の残り」は老人の心理がよく描けており、人間の生について、根源的な問いを発している。丸谷氏は外国文学の技法に通じており、その作品はとかくリブレスクと評されることがあるが、この作品のテーマの捉え方は、明らかに氏の作家としての個性的な核に根ざしている。これまでの候補作にもそれは認められたが、「年の残り」では、それが明瞭に出ている。

「三匹の蟹」はその流動的な文体と、ソフィストケイトされた会話に、いいようのない魅力がある。否《いな》むことの出来ない才能の刻印があり、これも逸するわけに行かない。

私の採点では丸谷氏に二重マル、大庭氏に一重マルというところであった。同じような採点の委員もほかにあった。一方、大庭氏に二重マルをつけた委員は丸谷氏に全然マルをつけなかった。（これも二つの作品の特徴を暗示しているようである）合計、両氏の

得点はきっちり同じになったので、文句なく二作授賞ときまったのであった。（大岡昇平）

受賞作となった大庭みな子氏の「三匹の蟹」、丸谷才一氏の「年の残り」の二作が目立っていた。「三匹の蟹」は発表当時余りにも世評が高かったので、選考委員会では自然にきびしい採点になったように思う。併し、この作品に見る文学的資質は相当なものであり、はっきりと設定した主題に向って、細部にわたって一つ一つ効果を計算しながら書いて行くところはみごとであると思う。第一作が好評だったので、これからの仕事の仕方が難しいが、失敗作を書くことを怖れぬ方がいい。

丸谷氏の「年の残り」は、この作家のものでは一番いいものかと思う。小説を作って行く才能は目立ってもおり、光ってもいるが、それが邪魔になっているところもある。この作家に注文は要らぬだろう。もう既に立派にでき上がっている人である。（井上靖）

九月九日の手紙の抄録――。

次作の題名きめました。「十一月」。変更なし。今月末までに到着しなければ、クビにして下さい。作家の資格欠如ということで。傑作を書かなければ、という気負いがペンをとらせませんでした。「あきらめ」という気分が最近わかりました。おれにはこうしか書けないという居直りとみて下さい。（中略）すぐれたエッセイストでもあり、詩人でもある清岡卓行氏の面識を得たいと願っています。欲を言えば「エホバの顔を避けて」の作者（丸谷才一）とも。「善の研究」の作者（山口瞳）とも、十分間でもいい。途方もない希望、恥しらずのたわごととは思いますが。

御多忙と察しますが、ご返事下さい。かなり精神状態、不安定なのです。もっとも短篇にとりかかるあいだはいつも、そうなのですが。豊田さんの一文によって元気百倍ということがあります。

このころ丸山健二さんは、上京を夢みる野呂さんとは反対に「正午なり」が本になるかならないかの間に、東京住いに見切りをつけ、長野の阿智村に新生活をもとめ、移転しておりました。東京の夏はあまりに暑く、仕事がはかどらない、それに物価高と家賃の高さに音を上げてのことでした。

「正午なり」の刊行記念と、東京を去って故郷長野の地で創作活動に邁進する丸山さんを励ます会が企画され、私が事務方を引きうけることになりました。案内状の文面は、「われら共通の友人、丸山健二さんはこのほど都会の俗塵を避けて信濃の山中に庵《いおり》を結び、創作三昧の毎日を送られることとあいなり……」といった調子の（手もとに草稿も案内状の現物もないので、アヤフヤながら）、かなり戯文調の文章のように記憶しております。発起人には、主に、丸山さんが「文學界新人賞」を受賞したときの選考委員の方々、野間宏、安岡章太郎、吉行淳之介各氏などにお願いいたしました。

この会に、ぜひ出席するよう野呂さんに誘いの速達を出したところ返ってきた手紙——。

前略。二十五日、「十一月」二十四枚を送りました。短篇というよりスケッチに近いものです。書きあぐねていた作品の中にある主題を二つに分け、一つは、この作。一つは「父の足」として、すぐとりかかります。これは短篇のていさいを整えたものとなるでしょう。十月の半ばまでに送ります。

二十五日、電報をうった直後、速達をいただきました。正直に申しますと、パーティのようなはれがましい席は不調法なのですが、やむを得ません。

丸谷、山口、宮原さんたちとロクな話もできないような気がします。個別にお会いできればサインしてもらいたい著書を持参するつもりでしたが、次の機会を待つことにします。

パーティの会費をおしらせ下さい。二十日の夕刻、東京着ということでよろしいでしょう。丸山さんの（出版）記念会に招かれること自体は光栄です。

念願の上京がかない、多くのひとと面晤を得ることができて大喜びの野呂さんからとどいた手紙の全文――。

前略。在京中は迷惑をおかけしました。丸山さんあて〝正午なり〟の感想を送ります。よろしくお願いします。「面とむかって作者に、その小説をほめるのは公然たる侮辱だ」と「移動祝祭日」の著者が書いています。それで、手紙という形式で、こたえることにしました。

文藝春秋社のホール（サロン）で、丸山さんが、僕の作品をイイと言われたのは意外でした。嬉しくないはずはないのですが、これは勿論、それに対する返礼ではありません。この出版記念会が催される以前から感想を記す用意があると、言ったので、課題を果したまでです。

宮原さんとは、ゆっくり話したかったのですが、原稿の推敲に追われている最中らしかったので、次の機会を待つことにしました。手紙は書きました。

言い忘れましたが、パーティの席で、「新潮」の酒井編集長から、名刺をたまわり、何か書くように、とのおおせでした。帰郷後、思うことあってアルバイトを全部、廃業、目下、原稿一本に時間をしぼっています。これで書けなかったら、ヒボシになるだけです。ただし上京には、モロモロの困難があり、timidにならざるをえません。

高円寺の都丸古書店で、「文學界」のバックナンバーを五、六冊、買いました。一冊八十円。「群像」や「新潮」が三十円から五十円。

わずか二十四枚の、パッとしない作品（「十一月」）を掲載していただき、身のちぢまる思いです。罪ほろぼしに、今度はいいものを書きます。

丸山健二さんは、このころの野呂さんを、どう評価していたのか。時間はあとさきになりますが、芥川賞受賞作『草のつるぎ』（文春文庫）の解説の数節を引用してみます。

私は野呂邦暢氏の書いた小説を全部といっていいほど読んでいる。エッセイもほとんど目を通す。他人の書いた作品をすべて読むということは、文芸評論家でもなく、読書家としても最低の私にとってはきわめて例外的な行為なのだ。それもこれも野呂氏のペンが生み出す水晶のように透明な世界、深々と茂り合った夏草のなかを通過して行く湿気の少ない風ときらめく大気とを同時に感じられるような爽快な文章が、私の体質にとてもよく合っているからだろう。

しかし、理由はほかにもある。小説家としての同じ立場で、野呂氏が工夫する手法や形式といった一般の読者はさして気にもとめない細部を注意深く点検していると、その著しい上達にこれまで何度も目を見張ったものである。ありふれた小説家たちは、何を書くべきかというテーマの問題——もちろん、最も重要で切実な問題には違いないのだが——についてばかり神経を磨り減らし、それをどう書けば効果的であるかという問題をひどく疎かにしている。そして、似たようなテーマに向って似たような安易な書き方で繰返し繰返し挑み、深く掘り進むことができたと思いこむのは当人のみで、中味を薄めてしまっただけというみじめな結果に終る場合が決して少なくない。
しかし、野呂邦暢氏はかれらと一線を画す書き手である。（中略）
野呂邦暢氏は書くべきものを充分に持ち合せていながら、それを書きこなせる《腕》になるまで手を出そうとしない。ここでいうところの《腕》とは、断じて手法のみをさすのではなく、重く苦々しい体験を突き放して書ける精神状態に自ら持って行く努力を含めての話である。その時期を待つ辛抱強さと、熟した機を素早く捉えてペンを握る確実さは、才能そのものと呼んでもかまわないのではないかという気さえする。

右のごとき感想を、この当時、本人の口からきかされていたら、どんなに野呂さんにとって励みになっていたことでしょう。

かつて「壁の絵」を誤評して野呂さんを嘆かせた平野謙氏が「十一月」を、〝ベスト3〟（毎日新聞の文芸時評・昭和四十三年十一月三十日夕刊）にとりあげてくれました。「野呂邦暢の『十一月』という作品が意外に私にはおもしろかった。この作者の名前も記憶にとどめてはいたものの、明確な作家像として定着していなかったので、意外になどという失礼な副詞を挿む次第である。夏に休暇をとりそこなった『私』が、十一月という中途半端な時期に一週間の休みをとった話である。事件らしいものはなにひとつ起こらないが、全体として文学になっているのに、妙に私は感心したのだ。この新人の感性は信用していい気がした。新人の作品でこんな印象をうけたのもひさしぶりである」

まさに「十一月」。この月の十一日に人事異動の発表がありました。私は「文學界」より「週刊文春」に転属となりました。〝週刊〟は三度目のおつとめということになります。もうすこし「文學界」でがんばりたかったのですが、異動はサラリーマンの常、「アイ・シャル・リターン」と冗談半分の決意を胸中に呟きながら「文學界」でお世話になった方たちに、挨拶状を書いたり、身辺整理をしたりして、あわただしく引っ越しをすませました。

配置転換のおしらせ驚きました。利己的な理由からも痛手です。推測をたくましくするならば、これは組合活動を封じるか、あるいは圧迫しようとする管理者側の手にちがいありません。

文春のような比較的保守的な出版社にかぎって運動は過激に走りやすいものです。内からの改革を若いエディターたちがはかるのも察せられることです。

会社づとめをしたことのない作家の想像力なんて、こんなものとキメつけるだけではすまない問題なのでした。野呂さんにとっては、まさに寝耳に水の〝事件〟だったことでしょう。

週刊誌の編集と「文學界」とは全く性質がちがうようですが、部外者には判らぬ所があるのでしょう。こちらの方も当分、上京を見合せることにしました。白紙にかえった気持で作品を書かなければなりません。

最近の痛恨事。読売のインタビュー記事で、僕が「世代の代弁者になりたい」と、言っていることになり、がっくりしました。実情は——ものかきは自分の属する世代と階級について発言するギムがある——と表現したかったのです。どの面さげて、世代の代弁者が気取れるでしょう。ヤブの奥深くひそみたくなります。

健闘を祈ります。永いあいだお世話になりました。〝この野郎、仕様のない奴だ〟と、

毒づきながらつき合って下さったことに感謝します。（昭和四十三年十二月一日）

私が「文學界」に復帰するのは昭和四十六年のことです。この二年有余の歳月は、野呂さんにとって、かなり、キビしい時代だったのではないでしょうか。

手紙は激減しますが、本の話やら映画の感想、身辺報告など、あいかわらず筆マメなところはかわりません。

「新潮」や「群像」、「文藝」などからも、お座敷はかかったようですが、相性が悪いとうか、実力を発揮するまでにいたらなかったのか、ほとんど商談成立せず、ボツに終ったようです。

この二年間を年譜、（「芥川賞全集」第十巻・文藝春秋）から抄録しておきましょう。

昭和四十四年（一九六九）三十二歳　五月「ロバート」（月刊ペン）を発表。

春から夏にかけて健康が悪化し、長崎大学に精密検査を受けに行く。秋に入り、兄からの強い勧めもあって上戸町へ寄宿するが、すぐ（十一月）またもとのアパート、厚生町にもどる。

昭和四十五年（一九七〇）三十三歳　一月「朝の光は……」（文學界）を発表。週二回、二時間ずつ、家庭教師のアルバイトを再開。秋に、鎮西短期大学にて五回の文学講座をもつ。十二月、博多ＮＨＫにて「十一月」を録音。

このころの心境を吐露した文面（昭和四十五年十二月十二日）を、右の年譜に併記しておきます。

きょう丸山健二さんからの便りで、豊田さんのことをうかがい、つい懐旧の情にかられて手紙を書こうと決心しました。いうまでもなく私信です。

一年間、「少年マガジン」と「サンデー」を読んでくらしました。たいした怠けようです。マンガや劇画の方が小説より数等おもしろかったのです。だから仕方ありません。同業者の小説の中に、現代日本のリアリティがなく、つげ義春や楳図かずお、赤塚不二夫の中にあるというのは奇怪な真実です。それはともかく、マンガも一年間、熟読するとアキが来て、そろそろ小説に身を入れようかな、と思います。マンガ耽読のほかは長篇のため取材をしていました。

ポチョムキンがオデッサで反乱をおこしたころ、長崎でレーニンの一派が露語新聞〝ヴォーリヤ〟を刊行しています。その現物を探すこと。もうひとつは、ロシア革命当時、長崎港に停泊中のロシア船内でも暴動がおこったのですが（この文献は皆無）、その調停にあたったロイド汽船の極東支配人の未亡人から聞き書きをとること。それやこれやで、マンガでも読まなければ、ルポルタージュの労多くして実りすくない作業はつづけられない道理でした。

短篇も書ける才能があってこそ、もの書きですが、でかい芯棒の通った大作の一冊は持たなければ肩身がせまいようです。

被爆者を主人公に、現代の長崎を舞台にべ平連や反戦青委のボスや、多彩な群像をぶちまけて〝これこそ現代だ〟と、たいていの小説を読みあきた読者をも、嘆声を発せしめるような作品にするつもりです。なぜなら、右のような現代の匂いの濃いものを僕自身が切実に読みたがっているからです。ならば、本人が書けばいいではないか。

言いたいことが、そこにあれば文体なんかどうでもいいのだという平凡な理屈に、つい先日、気がつきました。

内容空疎な表現ほど美文に流れやすい。ものかきは、ひたすら語ればいいのです。

もう一つの計画は連作形式で、一組の男女の一年を書くことです。『十一月』という小篇で味をしめ、月づくしというか、そんなていさいで、これはごく肩を張らない抒情詩めいたシリーズにしようと考えています。
丸山さんにも告げたことですが、来年は結婚します。（後略）

野呂さんにとっての〝冬の時代〟に華々しく誕生した芥川賞作家（および受賞作）をあげておきましょう。

第60回（昭和四十三年下半期）該当作なし
第61回　庄司薫「赤頭巾ちゃん気をつけて」
　田久保英夫「深い河」
第62回　清岡卓行「アカシヤの大連」
第63回　古山高麗雄「プレオー8の夜明け」
　吉田知子「無明長夜」
第64回　古井由吉「杳子」
第65回　該当作品なし

祝電（祝言の）ありがとう。

司会のNHKアナウンサーが披露してくれました。会場を佐世保としたのは、先方の親族が主に唐津なので、長崎という当方の希望の中間を選んだわけです。

「文學界」編集部へ帰還のニュースは百千の祝電に優るとも劣らぬ愉快事です。

ラジオ、テレヴィものの原稿でつくづく小説の良さ、個人的な芸術で小説がありうるという意味で——がわかりました。

去年の冬いらい、どこへも作品は送っておりません。生活はテレヴィのルポやラジオ小説でまかなったというのは真赤ないつわり、商店のコピイや、さまざまのアルバイトが収入源でありました。

五月十五日着を目標に百枚ほどの作品を書きます。放送の仕事は、この小説完成まで、うちきりです。（昭和四十六年四月十二日）

天地を創造した神も七日めには休息したとか。弱小な人間の一人であるわれわれも、本日は荷の整理、家の片付など、うっちゃって一服することにしました。（中略）

書けなくなったものかきは、結婚すればどうにかなるものでしょうか。うわすべりになることを、おそれつつ筆をすすめています。中篇、短篇の題名、蛇足ながら記しておきます。

若冠・騎士の娘・夜警・野生の鹿・草のつるぎ・騎士園まで・はるかなるリヒテンシュタイン・中野・江古田・海軟風・旧友・案内人・人形つかい・日が沈むのを・海辺の広い庭・彼ら・冬の子供・乗客名簿。

在庫豊富、仕事迅速、乞ウ御注文、というところです。（昭和四十六年四月十九日）

私が「文學界」に〝帰還〟した年（昭和四十六年三月）は、いつになく手紙の数が多いのですが、なつかしさと安堵の表情をみせる文面とはべつに〝前借〟〝前渡〟の要望と送金催促の手紙もふえてきました。世帯をもち、なにかと出費がかさむのと、原稿収入がほとんどなく、アルバイトの口にもありつけなかったのが原因かもしれません。作家志望の誇り高き男が新婦に内緒で、商店のチラシの文案づくりにはげむというわけにもまいりますまい。

電話ありがとうございます。おかげさまで、只今、〝日常〟五十四枚を書き上げました。下町の料亭に二年間、滞在（下宿）したことを素材に、そのなかのある一日を記したものです。清書の段階では、やや長くなりますが、七十枚をこえることはありません。締切まもれず、すみません。（中略）

今月二十五日までに清書して送ります。二十五日より早くなるかもしれません。ところで、あつかましくもお願いがあります。この作品、かりに掲載に価いするとしても、稿料は八月になりますが、七月十五日ごろ支払っていただくわけにはゆきますまいか。来月までに五十枚の短篇を送ります。これは〝日が沈むのを〟という題で、セントルイス・ブルースの一節をとったものです。いよいよ書かなければ食べてゆけない境遇になって、考え様によっては、これが本当の暮しだと思っています。なにはともあれ、きょうの電話ありがとうございました。下書が、きょう完成するとは思ってもいませんでした。（昭和四十六年六月十二日）

起きてみつ寝てみつ金のおそさかな

という心労も十六日の夜、小切手の到着で解決しました。一文ナシになったところだったので〝カアちゃん良かったなあ〟と両人、手に手をとって嬉し涙にかきくれたことでした。稿料、かなりの増額、奮起せざるべけんや。（昭和四十六年七月十七日）

前略。「日常」は九月号にのるのでしょうか。当地の書店が、もし掲載されるのなら、かなりの部数を前もって注文しておきたいと言っておりますので、お手数ながら、ご一報ねがいます。

今月、二十二日ごろ「水晶」約五十枚を書留便にて送りました。月末は、印刷所にこもり、校正その他で多忙と想像します。万一、掲載可能であれば、前作同様、八月中旬、前借をお願いします。これがダメな場合、別途に収入の道をはかる必要がありますので、よろしくご考慮ねがいます。重ね重ね恐縮です。以上二つの件につきご返事いただければ幸甚です。（昭和四十六年七月二十八日）

〝前借〟の手紙の引用はこのくらいにしておきましょう。「日常」は組み置き（活字が組まれ、発表の用意は整っていながら、掲載が先送りになっている状態）がつづき、掲載されたのは「文學界」十月号（九月七日発売）でした。

野呂さんと「文學界」のつながりは、彼が第21回「文學界新人賞」佳作入選をはたしたときからということになります。そのせいか、「文學界新人賞」受賞者に対しては、同門、というか同学の士というべきか、親近感を抱くようです。

この年の十二月号に発表された新人賞受賞作「オキナワの少年」（東峰夫）の出来映えに感嘆し、絶大なる讃辞をよせてくれたのです。

「オキナワの少年」、読みました。感嘆しました。傑作です。丸谷先生（「文學界新人賞」選考委員）は、佳作の舟べりに手が届いたていどとの評ですが、反対です。佳作どころか、秀作の船の座に堂々と腰をすえたあんばいです。サリンジャーの亜流は数多いなかで、これはまさしく日本の口語体のすぐれた見本というべきです。笑いがあり、晴朗なヒューモアがあり、沖縄の深い海の青と風が感じられます。この一年間の文学で指折りの佳作と信じます。

僕こと、最近、方言の使用に工夫していたおりもおりとて、かくも見事に会話の中で、つかいわけられた沖縄弁には讃嘆をおしみません。

これを読んだ各誌のエディターは口惜しさのあまり、ギリギリと歯をかみ鳴らしたにちがいありません。かかる傑作――それもユニイクな――を「文學界」にとられたこと。羨望のために一週間は飯の味がしないでしょう。僕もまた口惜しさのあまり歯がみした者です。かかる清新な文体をひっさげて登場した若き詩人に対する嫉妬のあまり。なかんずく、海辺の小動物についての描写。（中略）氏の船が、ささやかながら一張りの帆をあげて未知の海流をすべってゆくのに拍手するのみです。良き航海を。（昭和四十六年十一月十二日）

「オキナワの少年」は白帆に大きく風をはらみ、第66回（昭和四十六年下半期）芥川賞の候補にあげられ、李恢成さんの「砧をうつ女」とともに受賞の栄にかがやきました。石原慎太郎「太陽の季節」、丸山健二「夏の流れ」につづく新人賞・芥川賞ダブル受賞の偉業をはたしたわけです

選評の抄録――。

「オキナワの少年」はいくぶんわざとらしい文体で、少年の感受性を造型することに一

応成功していますが、そこに描きだされる「オキナワ」は型にはまった沖縄で、そのためか、結末の主人公の脱出の意欲もただ話を面白くだけという印象しかあたえられません。（中村光夫）

「オキナワの少年」（東峰夫）にはひさしぶりに新鮮な感銘を受けた。沖縄の日常語を大胆に駆使しているので、目新しい感じを受けたのであったが、新鮮と形容するのでは語弊があるかも知れない。が、新鮮にもいろいろと解釈があろう。濃厚な風俗性が単なる読物に落ちていない点がよろしい。（丹羽文雄）

安岡章太郎委員の選評は、全文を左に掲げます。

今回の候補作では、「砧をうつ女」以外には、とくに推したいものはなかった。

李恢成の作品は、群像新人賞の選考で「またふたたびの道」を読んで以来、主要なものは大抵読んでいるが、こんどの「砧をうつ女」はその中でも最良の一つであろう。三、四回前の候補になった「証人のいない光景」も、在日右翼朝鮮少年という、たいへん特殊な立場から戦争をながめ、日本の敗戦をわれわれの眼の届かぬ視点からえがいて、はっとさせられるような作品であったが、こんどのものはそういうショッキングなものとは逆に、素直な抒情的な筆がよくのびている。

十年ぶりで母国を訪ねた女主人公が、郷里の村のそばを流れる川のまえで立ちどまるところや、その女が「身勢打鈴によると」ということわって「日本の着物を着てその上パラソルをさしてあらわれたそうである」というあたり、母国の土だけでなく風俗も文化も失った憐《あわ》れな女を、ひとごとならずわれわれに感じさせるところがある。

東峰夫の「オキナワの少年」は、たしかに私にも一応おもしろく読めたし、その軽快な筆致はかなり快適なものであった。しかし、この作品は一見自由な少年を主人公とし、いかにも新鮮そうであるが、じつは少年の自由というのは本当の意味で自由なわけではなく、新鮮さもまた見掛け倒しのものに過ぎないようにも思われた。

李恢成が四回連続して落選し、五回めにようやく受賞したのは、ちょっと遅すぎる感じであるが、「オキナワの少年」の作者の場合は、もう二、三作みてから賞になってもいいように思う。

芥川賞は、何も学校の入学試験ではないのだから、何度落選してもべつに恥ではなく、何度も候補に上る作家は何処かにそれだけの支持者がいるということなのだから、むしろ意を強くしていいのである。

野呂さんが文芸誌（特に〝出身誌〟の「文學界」）をスミからスミまで読破するのはあいかわらずです。

昭和四十七年、最初の手紙（一月十一日）――。

前略。「文學界」二月号（新春特別号）、当地にて本日発売。一読しました。近来になく充実した内容、たっぷり楽しめました。圧巻は、入江隆則氏の〝薄められた狂気〟。わが意を得ました。

入江氏が何者なのか、初めてきく名前ですが、論旨は明快、わかりにくい批評の多い昨今、感服しました。「宇野浩二伝」（水上勉）は未読ですが、「レイテ戦記」（大岡昇平）、「年々の花」（伊藤整）は昨夏、寝食を忘れて読みふけったものです。明晳とは、かくのごとき評論をさすのだと考えます。大冊「レイテ戦記」を、このように当を得た言葉で批評した文章を他に知りません。「野火」との比較は僕も同感です。

伊藤整の「年々の花」が傑作であることは多年（この作品が「小説中央公論」に連載中から注目していたので）、同じ趣旨のことを吹聴してきた者として、うれしい指摘です。「氏の小説に漂ういやらしさ」も正確な指摘だと思います。やはり、批評家はわが国にも存在した。見るべきものを見ている人は、つねにいるのだ、の感を強くしました。二月号の、もっともすぐれた文章だと確信し、読後、昂揚感にも似たものを味わいました。

この年（昭和四十七年）に「文學界」に掲載された作品はデビューいらい最多の四本。

「水晶」（三月号）
「世界の終り」（六月号）
「日が沈むのを」（九月号）
「海辺の広い庭」（十一月号）

このうち、「海辺の広い庭」が第68回芥川賞候補（野呂さんにとって三度目）にあげられることになります。

前略。「文學界」四月号、拝読いたしました。丸谷先生の批評（「対談時評」川村二郎氏と）の批評（「水晶」）ただ、はじいるのみであります。床下にでももぐりこみたくなります。これは評価のしすぎというものでしょう。短所はしかし、川村氏の指摘とともに正しくついていてあり、無責任な過褒とは思えませんが、駈けだしのものかきにとってみれば、身にあまる光栄というべきです。それにつけても、このたびのご配慮、ありがとうございます。時の経過とともに小生、創作に対する見方がやや変ったようです。小さくまとまるというきらいがあります。反省もしています。大きいキズがたとえあったとしても、世界を包含するようなひろがりを持つ作品を、と念じています。

その意味で「水晶」のような作品はもはや書くことはあるまいと愚考します。（昭和四十七年三月十八日）

月に二通ほどのわりあいで、封書がとどいたようですが、特記すべきことはなく、ここでは七月四日の手紙を紹介しておきましょう。

とり急ぎご報告いたします。昨日、冬樹社の高橋正嗣さんから便りがあり、水晶、十一月を読まれた由、作品集を出したいとのことです。刊行予定は十一月、体裁はまだ未定とのこと、ぼくの残りの作品は読んでないから、これから通読するそうです。最新作を一つくらいは入れて、これを表題作にしたいと希望しております。宮原（昭夫）さんへ問い合せたおり、豊田さんが居あわせて、ぼくのことをすぐ告げていただいた由、感謝いたします。（中略）

今は、四十枚ばかりの短篇を書いています。今月半ばに仕上げて、残りの二週間で清書する予定です。（昭和四十七年七月四日）

次なる手紙の日付けは七月十九日。第67回芥川賞選考会は七月十九日に開かれたわけですから、なにか芥川賞にまつわる話題が書かれていてもフシギはないのですが、このあと届いた七月二十七日付けの手紙にも、芥川賞についての言及はいっさいありません。ちなみに、このときの受賞作は、野呂さんの兄事・敬愛する、あの宮原昭夫の「誰かが触った」（「文藝」四月号）と畑山博の「いつか汽笛を鳴らして」の二作だったのですが。

前略。昨日、「海辺の広い庭」二〇八枚、書留便にて送りました。

速達にはしなかったので、五、六日かかると思います。読めば、おわかりのように後半五分の一を除いて、前作の面影をとどめないほどに改作いたしました。

今回の書き直しは勉強になりました。実作にまさる経験はありません。批評家諸氏の卓抜な論文は、頭の体操としてねむ気ざましになりますが、ものかきは百の批評文を読破するより、ザレ歌の一つもつくるべきです。

自分の欠点が自覚されました。この作品が駄目だとすれば、また書き直しますが、半年間の余裕を下さい。すぐには到底かかれません。夜を日についで没頭しましたから。次の作品にかかりたい気がしきりです。原稿が着くころは、九月号の校止で御多忙と推察します。ヒマになり次第、ご意見をきかせていただければうれしいです。（昭和四十七年七月十九日）

前略。短篇のせていただける由、うれしく拝聴いたしました。

拙作「海辺の広い庭」、速達の必要はありませんが、早い時期に返送して下されば助かります。後半、会話だけの部分を直すつもりです。前半にも、幻覚の箇所以外、若干、手を加えたい文章があります。

仄聞するところによりますと、かの名作「司令の休暇」さえ再三、坂本（忠雄＝「新潮」編集部）氏から書き直しを命ぜられたそうです。阿部昭ほどの文章家が、がんばったのに、小生のごとき駈け出しが二度、三度で、へたばっては目もあてられません。一応、手を加えればものになりそうだという仰せに雀躍しました。とんでもないファウルをうちあげてアウトにされた直後とて感激ひとしおです。（昭和四十七年七月二十七日）

そして、このときの受賞作「誰かが触った」の選評の抜粋——。

宮原昭夫氏の「誰かが触った」はハンセン氏病療養所というアクチュアルな問題を扱っているし、またきれいに仕上げられていて、最初から一番票が集った。私も票をつけた一人だが、一抹の不安はまたは不満はそのあまりにもうまく仕上げられていることだった。舞台は年少患者のための分教場にしぼられ、そこで働く男女の教師の心理のあやと、少年少女患者の言動が面白く描かれている。（大岡昇平）

宮原昭夫氏の「誰かが触った」はうまいという点では抜群であった。余分なことは何も書いていないし、筆も浮いたところはない。正面には押し出さないが、ヒューマンなものが底を流れているのも気持よかった。癩療養所内の園内に設けられてある中学校、小学校の分教場、そこの少年、少女たち、男女の教師たちの生活の明暗を、明るく、軽い筆で綴って、いささかのそつもない。材料はいくらでも深刻になるが、それをこのように明るく、軽く描いたところは、この作者の才能であると見ていいと思った。

畑山博氏の「いつか汽笛を鳴らして」は、宮原昭夫氏の作品とは異って、肉体的劣等感を正面に据えて、真向から自分を凝視して書いている。この作品から感じられるものは、才能というより、作者の坐り方のいちずな手がたさだ。地味だが、ひたむきに引張って読ませて行くところはみごとである。（井上靖）

宮原さんへの言及――それも受賞作ではなく、受賞第一作に対する――は八月十九日付けの手紙までまたなければなりません。

前略　十七日付の葉書、拝受。安心いたしました。この作品（「海辺の広い庭」）ばかりは、出来がいいものか悪いものか、これまでの作品とちがって全く見当がつきかねています。佳作か否か、もはやどうでもいいことです。せめて拙作が日の目を見るまでに関東大震災も、文士の自殺も起らぬことを祈ります〈註〉〝大作家〟が亡くなると、追悼特集が急遽くまれるため新人の原稿が組み置かれる)。

〝カッサンドラの地獄〟(宮原昭夫・「文學界」九月号)一読、くやしまぎれにテーブルをどんと叩きました。なんたる肉感性! 受賞第一作にロクなものはないというのが僕の感想でしたが、これは例外です。堂々たる、まさに受賞第一作の名に恥じぬ秀作です。但し、このような短篇は劇薬に等しく、重ねて同じ技法を用いると、作者の命とりになりかねない気がします。

こんな便りもありました。〝時の流れ〟をしみじみ感じさせる文面です。

「文學界」十月号拝見しました。この号でもっとも衝撃的であったのは、阿部昭さんが、(「文學界」)新人賞の選者になったことでした。考えてみれば何の不思議もないことですが、〝子供部屋〟を(文學界新人賞)受賞作(第15回・三十七年下半期)として読んだ僕にしてみれば、時の経過の迅速さに膝を叩いて嘆じるのみです。「月は東に」の評で鋭い批評力を発揮した阿部さんの選評が期待されます。こういえば失礼かもしれませんが、僕は氏の批評的散文を小説より上においているのです。「新潮」にのった徒然草を論じた文章は他の同種雑文の中で群を抜いていました。（昭和四十七年九月十九日）

野呂さんの、いかにも彼らしい長文の手紙が舞いこんだのは十一月二十日前後のころでした。

前略。昨日は電話ありがたく拝聴しました。「れくいえむ」（郷静子）、早速読みました。改行の少ない字面だけ見て、今迄、敬遠していたのでした。〝チボー家〟とか〝灰色のノート〟とかいうコトバが散見され、以前拾い読みしたとおり、なんだ、お嬢さんのおセンチな交換日記かとウンザリしていたのですが、じっくり読んでみると、これはなかなかの秀作です。文句なしに感動しました。

表題の意味する通り、これは文字通りの「れくいえむ」です。作者がいかなる人か全く知りませんが、二十七年間、このような経験を抱いて生きてきた人生の重さが想像され、大変だったろうなあ、と作品について以外の余計な心配さえしました。新奇な意匠と技巧のみをこらした作品の小説群にまじって、ひときわ異彩を放つ作品に思います。おっしゃる通り、五十九頁以降、工場から潰滅した横浜へ至る描写は迫真的です。女性の文章とは思えない力強さがあり、ほとんど舌を巻きました。

この作品は、文学としても記録としても自立できる細部の正確さを備えています。感動のよってきたるところが素材の異常さによるのか文章の良さによるのか、詮議するひまはありませんが、異常さにもかかわらず冷静に世界を見、一つの時代の物心両面にわたる風俗をかくも精密に定着し得た作者の力倆はなみなみのものではありません。

随所に哀切なデテルがあり、そうだ、こういうこともあった、あの頃はこうだった、と、ひとりうなずきつつ頁を繰ったことでした。

この作品が読者をうつのは文章がすべて、時代の通念で汚れていないからではないでしょうか。七十年代の文学的常識、実存、原点、その他のいやらしい通俗流行語をきっぱり拒否し、作者はひたすら昭和十年〜二十年代のコトバで構築しようとかかっているように見うけられます。力業です。戦争はミジメである、帝国主義はよろしくない、と大声で叫ばないゆえに、文学として読者を惹きつける力を持ったと推察します。そして、おそらく現代の若い読者は、小生の感受する実質の千分の一も、この作品に見出すことはできないでしょう。

銘仙の反物、非常食、特配、「愛国の花」、大木惇夫の詩、虱、紺サージのズボン、非国民、大本営発表、といった当時のコトバはもはや死語です。文章が一時代の雰囲気を伝えるにも限度があるので、若い人が「れくいえむ」を、〝れくいえむ〟として聴くことができるのか疑問です。

ということはもちろん、この作品をおとしめることでは決してありません。全体の構想も、意識的に工夫のある高度に技巧的なつくりを感じました。死に瀕した女主人公の意識とノートを交互につかって、時間的に前後を重複交錯させる手法は、物語を単純さや退屈さ（？）から救っています。僕はこれを二回読みました。そのつど、細い所に作者のつめたい計算を発見しました（登場人物の説明、家族、交友関係、町内の人々……）。

三年ほど前に、戦時中の映画「加藤隼戦闘隊」というのを見て、僕は当時の日本人の顔に再会し、愕然としたことがあります。素朴で、けなげで淡白で、〝れくいえむ〟の中にも、現代では消滅したあの時代の「顔」とめぐりあい、哀惜にたえませんでした。

〝れくいえむ〟が過去の、ある時間空間を指示し、限定するものとすれば、その中に豊かさと正確さがあり、作品を芸術として重く価値あるものにしていると考えます。

それに対して、過去ではなく、未来を志向し、指示するのではなく啓示し、限定するのではなく暗示するものとしての文学作品が小生の希望です。回顧するのではなく模索するもの。当然、失敗する度合も大きい。ものかきの野心です。


「文學界」（昭和四十七年十二月号）誌上に発表された無名の新人、郷静子さんの「れくいえむ」は多くの人の支持を得て第68回の芥川賞を受賞しました。

受賞作「れくいえむ」と「ベティさんの庭」（山本道子）の選評の抄録――。


当選の二作のうちでは、郷静子氏の「れくいえむ」を推しました。素人くさい粗雑さが構成にも文章にも指摘され、リアリズムの観点から見れば、破綻《はたん》だらけといってよいのですが、結局読ます力を持ち、最後まで読めば、強い感銘をうけます。

こういう混沌《こんとん》とした強さは、とくに新人に望ましいのですが、近ごろはこれと反対の傾向が幅をきかせています。

この得体の知れぬ力が、或る人の云ったように、たんに題材によるものなのか、作者の将来がどう展開して行くか、まだ見当はつきませんが、ともかく、欠点がそのまま魅力になったような、この一作は珍重すべきでしょう。（中村光夫）

郷静子さんの「れくいえむ」このひとのものは初めてよみ、反戦小説の長篇で、戦争悪がよくわかり、私は感心した。昭和十九・二十年の川崎・横浜方面のはげしい爆撃と敗戦時までの悲痛が、十七歳の純情な軍国少女の体験にて描かれ、少女の友だちの父の反戦教授一家や、少女の兄の友人の反戦主義者などども、よく描きこんであり、少女の手紙の往復も、しまひの反戦主義者との会話なども、奔放な手法でなかなか好かつた。この小説、戦争悪をこれほどまでハツキリと示した手腕は大きいと思った。——これにつけても現今、まだあちこちで戦争悪のやまないのは、いたましい限りだと思ふ。——（瀧井孝作）

郷静子「れくいえむ」は本土空襲という題材自身に切実さがあるが、それを時間をわざと混乱させながら、その混乱に陥ることなく、テーマの持つ力が増幅されているのは見事である。少し荒けずりなところがあり、あまりに主題に都合のいい人物だけが登場し、ばたばた死んでしまう偶然が重なっているのだが、それが少しもおかしな感じを与えずに感動を生み出しているのである。（大岡昇平）

郷静子氏の「れくいえむ」は、偶然と感傷がすこし気になったが、力作である。野呂邦暢氏の「海辺の広い庭」は、文章の歯切れのよさが快かったが、あまり間口をひろげすぎたようである。（丹羽文雄）

「れくいえむ」が受賞し、「海辺の広い庭」が落選した昭和四十八年は、第一創作集『十一月　水晶』（冬樹社）を含む三冊の単行本が刊行され、また、「鳥たちの河口」（「文學界」三月号）「草のつるぎ」（「文學界」十二月号）が再度芥川賞候補にあげられるなど、野呂さんにとってきわめて大事な一年になるわけですが、新年早々の手紙（一月四日）は、こんなぐあいでした。

前略。「鳥たちの河口」九十八枚を、この手紙と同時に書留速達で送ります。題名は他に以下のように考えました。

一、河口と空
二、鷺の河口
三、漂鳥の河口
前掲「鳥たちの河口」の題をとりましたが、いかがでしょう。これに執着するつもりはありませんので変更は可能です。十二月二十八日に百二十枚の初稿を完成し、清書の段階で大幅に削りました。

ご意見をきかせてもらえるとさいわいです。作品中の鳥名はすべて事実です。ハゲワシも実在します。写真があります。そんなことより作品のリアリティの方が大事です。この作品にかかりきりで正月はありませんでした。原稿を発送したあと、ゆっくり〝天才バカボン〟をひもとくのがたのしみです。赤塚不二夫こそ現代の鬼才であります。

このあと短篇を書きます。

『十一月　水晶』(冬樹社)は二月に、『海辺の広い庭』(文藝春秋)は三月にキビスを接して上梓されるのですが、野呂さんの三月二十八日付けの手紙には――。

速達、ありがとうございました。拙著（『十一月　水晶』）あらためて読み返して下さった由、感涙ものです。「壁の絵」についての懇切な批評にいたっては、もはや謝意を表わすべき言葉を知りません。（中略）

二十五日（三月）に「海辺の広い庭」、著者分を入手いたしました。素晴しい装丁、堅固な造本、美しい印刷、どれをとっても松成（武治）さんの細かな配慮がすみずみまで行き届いた仕上りです。かかる美しい書物で、自作を世に問うことができるのは、ひとえにものかきの幸福でなくて何でしょう。しかし、外側よりも問題は中身であって、ここにおさめた作品が成立するまでの事情はのこらず豊田さんがご存じです。これらの作品に加えられた批評、提言、忠告、すべて今も耳に新しく残っています。二冊の本を手にとってページをくれば、思いは無量です。（中略）

ところで宮原（昭夫）さんの解説（『十一月　水晶』さしこみ）、一驚しました。ベッドの下にころげ落ちそうになりました。労多くして功すくない仕事を、よくぞ果して下さったものです。これでは本文より解説の方がすぐれているではありませんか。（宮原さんの）藤沢、湘南アパートに足を向けては寝られません。万一、宮原さんにお会いになる機会があれば、よろしくお伝え下さい。あの文章は解説以上のものです。単なる賞讃にとどまらず、欠点はぬかりなく指摘してある文章で、丸谷（才一）先生の批評と共通しています。これもひとえに宮原さんと小生が「文學界」のスクールであるゆえんときめこんでいます。一人合点ですが。

宮原さんの「解説」の冒頭の一節をご紹介しましょう。

「十一月」「日常」「朝の光は……」などに人が読み取るものは、なによりもまず、いわば小説という名の樹に、枝もたわわにちりばめられて、それぞれに澄んだ音色をかなでている小鈴の群のような、その細部だ。
　それは、台所の隅の、くの字に曲り、飴色につややかに光るごきぶりの片肢だったり、車に礫かれて入院したパチンコ屋の女店員の、無人の部屋で自然に鳴り出すオルゴールだったり、鮮紅色の鋏をふりたてて行手の道を横切る蟹だったり、鯉の背びれが水を切って、またすばやく沈む堀割だったりする。まるで宿酔の朝に、ふと嗅いだハッカの香りのような、さりげなくさわやかな細部の、無盡蔵の宝庫だ。誰か小器用な作家ならば、その細部のうちのほんの一つ——たとえば、入院した女店員の深夜の部屋で鳴るオルゴールだけで、ちょいと気の利いた短篇小説をでっち上げることだって可能だろう。しかし、このぜいたくで移り気な、イメージの採集家は、まるで宝石を路上にこぼしながら歩いて行くように、こともなげにそれらを、ほんの一、二行で鮮やかに定着し、そして、惜しげもなく、たちまちそれを見捨てて、新しい細部に向って出発してしまう。前記三作の主人公たちが、そろって、まるで、犬も歩けば棒に当る、ということわざを地で行くように、終始あてどもなく歩き回っていることが、それと考えあわせると興味深い。人も歩けばイメージに当る、というところか。

「文學界」五月号に野呂さんは「詩人の故郷――伊東静雄と諫早――」と題する評論を発表しています。このころの手紙――。

拝啓　ご恵贈の「文學界」、土曜日（七日）に拝受。早速、一読しました。山口威一郎（諫早高校の同級生）氏のカット、採用していただき感謝にたえません。氏によって小説の読み方を習ったといっても過言ではないので、僕にはこのことは非常に嬉しいことなのです。氏からの移転通知にも、カットのこと、喜んでいる節がありました。奇しくも、この号に後藤（みな子）さんのエッセイがのっていますが、これで諫早高出身の三人が「文學界」の同じ号で会ったことになります。（中略）

「口髭と虱」（加藤富夫）、抱腹絶倒しました。最後のオチがいいのです。但し、これは三十五歳以上の男にしか通じない笑いであるような気もしますが、いかがでしょうか。阿部昭氏が何というかききたい気がします。少将と兵曹長では比較になりませんが。文中、気になること一つ。〝桜花〟は海軍のものです。陸軍帰りの息子が〝桜花〟にのる可能性はなかったはずです。独特の味があります。この人の土俗的なスタイルは表面的なもので、中身は案外モダンなのではないかというのが以前からの僕の推測です。演技としての土俗ということを考えたりします。いずれ、読みおとした旧作をまとめて読もうと思っています。

野島勝彦氏の批評（『海辺の広い庭』『十一月　水晶』）、望外の光栄と読みました。氏が書評を担当と知る前に氏の作品をまとめて読んでおいてよかったと思いました。虫の知らせで、まとめて読んだのです。デテールの処理に感心しました。この巧みさは、当代、吉行淳之介に比肩するものでしょう。小説がうまいほど書評がうまくないのは残念です。というのは、拙作に対して甘いというのが不満です。こんなものを本気にして、鼻の下を長くするんじゃないぞ、といいきかせました。丸谷先生の批評が嬉しかったのは、ぬかりなく欠点もえぐってあったことで、それでこそ、読者は説得されるのです。十のうち九をケナしても、一つだけほめてあったら、それでいいのです。

野島氏には、かといって感謝の念がいささかでも減ずるものではありません。ホメすぎに対して、いささかくすぐったくて、こんな文句もいいたくなるのです。

加藤氏といい、野島氏といい、デテールのある作家が「文學界」に寄りつどうのは誇らしい現象です。（昭和四十八年四月十日）

野島勝彦さんは、野呂さんが「或る男の故郷」で「文學界新人賞」の佳作入選となった次の期の「新人賞」受賞者。「胎（たい）」というタイトルでした。加藤富夫さんは、「神の女」で第27回「文學界新人賞」受賞をはたしておられます。野呂さんの「或る男の故郷」が第21回ですから、〝六級下〟の同窓生ということになりましょうか。

年譜によれば、「五月中旬から下旬にかけて一週間ほど上京し、宮原昭夫、安岡章太郎らと会う」とありますが、五月二十九日付けの手紙では――。

在京中はお世話になりました。安岡さんのお話がきけたのは願ってもない収穫でした。第三の新人が白髪頭になるとは感無量です。さすがにプロらしく助言もつぼを得たものばかりで参考になりました。

しかし素面でかけ出しのもの書きがわきにいては酒の味もまずかったでしょうし、女の子とおたわむれになるのもやりにくかったことでしょう。そぞろ同情を禁じ得ません。「週刊文春」の仕事で上京の宮原さんと連絡がとれ、戸塚でおちあい、新宿を案内してもらいました。「茉莉花」と「モッサン」で飲みました。ふだん飲めない水割りにも気持よく酔えました。

解説（あの素晴しい）の出来あがる経緯についても、豊田さんから懇切な助言と指示があった由、うかがいました。初耳でした。感動せざるを得ませんでした。「モッサン」はさすがに新宿らしい雰囲気のある店で、得体のしれぬ有象無象の出入りするところに味がありました。

宮原さんとはマンガの話をしました。氏の詳しいウンチクには驚くほかありません。僕は赤塚不二夫＝ドストエフスキー論を展開しました。バカボンがアリョーシャです。

（中略）

さしあたって六月末までに中篇二本を送ります。「冬の皇帝」と「草のつるぎ」（仮題）です。画商を主人公の長篇二百五十枚はその次になります。今回の画廊訪問で、プロット全体の変更はありませんが、主人公の態度（生き方）に若干の書きかえが必要です。講談社の長篇は右の作品と並行して資料の整理を終え、先に書きあげていた百八十枚の初稿を破棄して、一枚目から書き直します。

今年は、いろんな意味で一つの転機と思われます。結論は常に一つ。良い作品を書くことです。

第69回芥川賞（昭和四十八年上半期）選考会は、七月十七日、午後六時から東京築地の「新喜楽」で開かれました。候補作品は次の八篇です。

「鶸」三木卓
「鳥たちの河口」野呂邦暢
「十九歳の地図」中上健次
「蛇いちごの周囲」青木八束

「失われた絵」高橋たか子
「眉山」森内俊雄
「壜のなかの子ども」津島佑子
「口髭と虱」加藤富夫

受賞作は「鶸」でした。このときの選評を一部引用しておきましょう。

「鶸」と「鳥たちの河口」と「十九歳の地図」と「蛇いちごの周囲」の四篇を、まず私は選んだ。

四篇とも、短篇小説として特徴があると思った。

第一印象としては、「十九歳の地図」が私には一番おもしろかった。持って行き場のない十九歳の焦燥と、現実嫌悪の昂りがよく表現されていると思ったが、私の他に支持票は一票で、これは一番先きに落ちてしまった。

「蛇いちごの周囲」は、会話も地の文も一しょにすりつぶした行替えなしの文体に、相当の神経を使い苦心のほどを示しているが、これが却って大きな減点になったようだ。

事実なかなか読みにくかったが、この作者の持つある力量は充分に感じとれた。

「鷄」と「鳥たちの河口」と、どちらを選ぶかの段にきて、今期は授賞作なしと断ずる説、反対に二作に授賞せよという説が生じたりして、まとまりが着きかねたが、再選の結果あやうく過半数の票を得た「鷄」に決った。私がこの作品に一票入れたのは、この方が自分の好みに合っているからというだけのことで、「鳥たちの河口」が作品として劣るからではない。「鷄」の表現には、ニュアンスを重んじ過ぎて人物のシチュエーションがはっきりせぬような欠点がある。その点「鳥たちの河口」は全篇にそつがない。

(永井龍男)


三木卓氏の「鷄」は読みよい点で群をぬいています。つまりテーマと手法のバランスがよくとれた作品なのですが、それは新味の欠けた感じをあたえることにもなります。敗戦直後の満洲の引揚者の窮乏という題材はすでに多くの人人が扱ったものであり、そこに子供の視点を設定することは、まとまりのよい物語をつくりあげるに役立つとともに現実性を稀薄にしてもいます。

これと最後まで当選を争った野呂邦暢氏の「鳥たちの河口」は現代的な素材が抜け目

なく配置されていますが、肝腎の主人公の印象が稀薄で、作者の配慮が行きとどきすぎているのが、かえって散漫な感じをあたえます。「鶸」と対照をなし、似ているところもある作品です。（中村光夫）

野呂邦暢氏の「鳥たちの河口」は、広い河口の砂洲に集る鳥類を望遠レンズのカメラに写す、毎日河口にきては観察する男、これは特に目的もなく、失業者で当座の心やりの行動らしいが、広い天地と疎らの鳥類と孤独の男とがスッキリ描けて居た。私はこの作は今回二番目（一番は「蛇いちごの周囲」）によいと見たが、四祟きりで落選した。（瀧井孝作）

〝選考会〟が開かれた日の二日後に書かれた手紙――。

電話、ありがとうございました。豊田式カンフル注射と名付けて珍重しています。翌日はいつもより早く起き、万年筆の洗濯などしました。がっかりはしていません。これしきのことで挫けていた日には身が持ちません。評価は妥当な線と思います。これから頑張ります。書きたいものは次の通りです。
一、冬の皇帝（ガソリンスタンド店員であった当時の生活。スタンドの一日。短篇）
一、墓地の火（病気になったサラリーマンが戦火で消失した故郷へ帰って一日、彷徨する）
一、川辺の家＝夏至（不治の病いをもった妻と夫の一日。ベンダーの「日蝕」をヒントに。三十枚〜四十枚）
一、草のつるぎ（このタイトルは捨てがたく、いろいろ持ってまわりましたが、当初の予定のごとく、自衛隊もの三百枚につかいます。第三部百枚を、帰郷してからの一夏にあてて、書くつもりです）
一、二人の女（女を描くのが下手という定評のある小生が「二人」も書けば、どんなことになるのか）
このほか、例のメルヴィルとか、画商を素材にしたものとかは中篇〜長篇です。八月十五日の締切りは今度こそ守ります。

良い作品が書けるという自信は全くありません。一作書いたらカス同然になります。候補作になれるような小説をこれから書けるかどうか。いつもそんな状態です。（「鳥たちの河口」が受賞作とともに）文藝春秋に掲載されるのは嬉しいことです。

女房は現金なもので、稿料が支払われるのをアテにしていますが、一度「文學界」から支払われたのに、そんなうまい話はないだろうといっています。〝佳作派〟（「文學界新人賞」佳作の実績）も、これで本格的になりました。選評が若干、楽しみです。前回は黙殺もいい所でした。いろいろの意味で小生に対する御配慮感謝いたします。丸山さんは、豊田さんほどキメ細かい配慮をしてくれるエディターは何処にもいないと書いて来ました。同感です。小生、鈍感な田舎者ですが、豊田さんの側面正面からの厚意がわからぬほどの阿呆ではないつもりです。

丸山さんで思い出しましたが、月刊「流動」に送った「雨のドラゴン」（河出書房新社）の書評、立ち読みでもしてくだされば幸いです。

「雨のドラゴン」で使われた二十五倍の双眼鏡について書くとき、歩兵の前線将校（中、小隊長クラス）は、三倍のグラスしか使わないことを書き忘れました。それ位の倍率が丁度いいのです。あまり遠くが見えすぎても仕方がないのです。重砲の射撃観測には三十倍を使うことがありますが、焦点を結ぶのがむずかしく、視野のブレが激しく、不鮮明でもあります。

夏になると、しきりに十九歳当時の夏を思い出します。十六年も前の出来事とは思えぬのです。ケルウァック風に書いたら、という安岡さんの暗示でトンネルの外へ出たように思いました。今迄、書けなかった理由がわかりました。（昭和四十八年七月十九日）

「草のつるぎ」の要所要所を胸の裡で検討しています。候補になることを全く考えに入れずに書けるという自信が今はつきました。第一部、佐世保での八週間。基礎訓練をうけた日々のことを百枚か百五十枚にまとめます。ここには「桜島」の著者（梅崎春生）が居たのです。二部と三部を合せて一冊分の原稿が出来そうです。（昭和四十八年八月十五日）

「草のつるぎ」の第一稿は、十月の二週くらいに出来上り、私の手もとに送り届けられたようです。十月二十日付けの手紙にはこう書かれています。

前略。本日は、わざわざご自宅より電話をたまわり恐縮でした。九月末が遅延し、かくは迷惑をおかけすることになりました。九月は来客が多かったといっても言い訳になりませんが。没にはならないとのことで愁眉を開きました。会心の出来にはほど遠い作ですが、これで第二部（「砦の冬」）への足がかりがついた感じです。

訂正は僕がするのが当然、お手をわずらわすことになったのも、完成が遅れたせい。すべてこちらが悪いわけで、深くお詫びします。

一、同僚の方言は主に熊本、佐賀、長崎です。三者はほぼ共通。作者として、誤りなきを期し、念入りにせりふのくだりは点検したつもりですが、方言にうるさいむきには抗議されるかもしれません。実際は、このほかに鹿児島出身者がいましたが、鹿児島弁までは手がまわりませんでした。

二、「うちの班長」とK二尉は、もっと詳しく書きたかったと思います。筆を惜しんだのではありません。第二部で上官たちをしつこく描きます。その中で比較対照して再登場させるつもりです。二人とも良い上官で、人間的にも魅力があり、僕は二人を尊敬していました。

三、父のくだりがハレーションを起しているというご指摘は、いわれてみればその通りです。「ぼく」が自衛隊に入るという反時代的行為の説明を、アナクロおやじの存在で代行させるのが作者の意図でしたが、失敗したようです。しかし、一家族の戦後史は魅力ある主題です。二部に於て、さらに勇気をふるい起し、「おやじ」の栄光と悲惨を造型したいという肚づもりです。

四、同僚の描写は散漫なようです。二部では、焦点をせまく絞る必要があります。第一部は「草」を書きました。砂、雪、風、石、荒地などが次の背景になるでしょう。あくまで人間を書かねばならないことは当然ですが。パセティクな情緒はもっと押えなければ、と自戒しています。軽薄に喜劇的に、しかし鋭く行きたいものです。一部が短調としたら、二部は長調です。これはやや自信があります。

五、兵器の詳しい説明（及び訓練）等は心がけませんでした。あの他にも沢山あったのですが。

六、次は、大隊本部内の上官たちをも書きます。予備隊時代から生えぬきの幹部がいました。百鬼夜行です。これらが書けなくてはものかきとはいえません。

今回は、いろいろと有り難うございました。第二部についてもよろしくお願いします。第一部よりいい作品になりそうです。主人公が醒めて来るからです。「草のつるぎ」というタイトルはいかがでしょう？　作者は、ちょっぴりいい気になっています。自慢の表題なのです。（昭和四十八年十月二十日）

第70回芥川賞選考会は昭和四十九年一月十六日、午後六時より、東京築地の「新喜楽」で開かれました。

候補作は、「月山」（森敦）、「草のつるぎ」（野呂邦暢）、「此岸の家」（日野啓三）、「墜ちる男」（岡松和夫）、「流蜜のとき」（太田道子）、「火屋」（津島佑子）、「ネクタイの世界」（吉田健至）、「石の道」（金鶴泳）、「白蟻」（高橋昌男）の九篇でした。

委員会には、井上靖、大岡昇平、瀧井孝作、中村光夫、永井龍男、丹羽文雄、舟橋聖一、安岡章太郎、吉行淳之介の九委員、全員が出席され、慎重審議のすえ、授賞作は、森敦「月山」、野呂邦暢「草のつるぎ」の二作にきまりました。

野呂さんにとっては五度目の正直、「壁の絵」がはじめて候補にあげられてから、五回目で、みごと栄冠にかがやいたことになります。選評を数篇、抄録させていただきます。

候補作九篇、いずれもあるレベルに達しているものばかりで、新しい作家の作品を読むたのしさを味わった。その中でも森敦氏「月山」は目立っていた。雪深い集落の冬籠りの生活を、方言をうまく使って、現世とも幽界ともさだかならぬ土俗的な味わいで描き上げた手腕はなかなかのものである。久しぶりで小説を読むたのしさを堪能させられた思いであった。

その他では、野呂邦暢氏「草のつるぎ」、日野啓三氏「此岸の家」の二作が最後に残ったが、それぞれにいいところもあれば、欠点もあった。（井上靖）

「月山」と「草のつるぎ」と、「此岸の家」の三篇が最後まで残った。これと思った作品が共通の支持を得て、そのまま残ったのは自分の経験として珍しいことであった。「月山」の年期を入れた打込み方は、文句なかった。結末に近く友人が登場する展開について、数氏の批評があったが、長い一冬の自然との対比として、これもよかろうと私は判断した。

「草のつるぎ」は単純な題材に、若さが充実していた。なまじいな批判や自省を捨てたところに、爽快な世界が生れた。北海道移駐を直前にして筆がおかれるので、ある長篇の一部とも考えられないことはないが、これはこれで完結した一篇である。（永井龍男）

野呂邦暢氏の「草のつるぎ」は「鳥たちの河口」の作者とは別人のようである。きらきらした才能を押えて、深刻がるふうもなく、思わせぶりなところもなく、百五十枚を一気に読ませて、さわやかな感銘をあたえた。

森敦氏の「月山」は井上靖、大江健三郎の登場を思わせる。この人の名を私は三十年昔に知っていた。その後何も発表していなかったようである。そのなかの年月がこの作品の裏打ちとなっている。すこしも老人くさくないのは驚異である。

友人が呼びにくるところでは軽く失望したが、致命的な傷とはならない。

読後の清冽な印象は鐘のひびきのように心に残った。私はこれによって月山を知ることが出来た。（丹羽文雄）

野呂邦暢氏は、前回に「鳥たちの河口」といふ小説の題名も気の利いた、風物描写に詩情のみえる佳作を出したが、今回の「草のつるぎ」は、自衛隊の新隊員の手記で、自衛隊の初期訓練、演習なども克明に書いて、班員の性格も描き分けて、地面に喰ひつ いたやうなひたむきな粘りがみえた。この人は、気の利いた作も書けるのに、今回は更に無器用なものを出して、私は、今回九篇の中ではこれが一番よいと思つた。（瀧井孝作）

予定稿であろうか、それとも受賞の感激さめやらぬまま筆を執って書きあげたものか、いずれとも分りませんが、選考会（一月十六日）の翌々日の「長崎新聞」（昭和四十九年一月十八日夕刊）に発表されたエッセイ「草のつるぎ」（抄）を掲げて、〝野呂邦暢の芥川賞ショーブ日記〟の結びとさせていただきます。

あれから十六年たつ。もうすぐ十七年めになろうとしている。にもかかわらず、わたしが自衛隊員であった当時の事は、ついきのうの事のようにあざやかに思い出される。

高校を出た年、父が経営していた事業に失敗した。父は破産宣告をうけると同時に大病にかかって入院した。わたしは次男で弟妹が四人いた。上の妹はまだ中学生であった。わたしは働かなければならなかった。上京して仕事を探した。日がな毎日、新聞の求人欄をひろげては、これはと思う所に足を運んだ。しかし、自動車の運転も出来ず、熔接や塗装という特別な技能も持たない田舎者にロクな仕事はなかった。東京には身許保証人になってくれる知人もいなかった。

トラック相乗り、板金工、看板屋、コック見習い、ラーメン出前、新聞配達、喫茶店のボーイ、店員、雑誌のセールス等という仕事ならいくらでもあった。保証人はいらなかったが給料は安かった。住みこみで二千円、通いで、六、七千円というのが相場だった。一番安い下宿が三畳二食付きで六千五百円だと憶えている。わたしは台東区のあるガソリンスタンドに就職した。初任給は六千円であった。（中略）

翌年、わたしはスタンドをやめて九州へ帰り、佐世保の北東海岸にある陸自相浦第八新隊員教育隊に入隊した。そこで三十二年六月から八月末にかけての二カ月間、前期訓練をうけた。（中略）自衛隊はいわばわたしの大学である。わたしは学校で教えられる以上のことをそこで学んだ気がする。第八教育隊で過した八週間の生活をわたしは「草のつるぎ」に書いた。（中略）とりかかると一気に筆がはかどった。わたしは小説の中で昔の仲間と十六年前の夏の日々と再びめぐりあうことになった。記憶の中で彼らは相変らず十八、九歳の少年のままであった。齢をとったのはわたしだけではないだろうに。懐しいというだけでは足りないもっと切実なある種の感慨があった。それがわたしを駆りたてて「草のつるぎ」を書かせたといっていい。わたしはその後、北海道千歳に配属された。特科である。その頃のことは後篇「砦の冬」に書いた。もうわたしは自衛隊を素材にした小説を書かないだろう。

第二章　山口瞳と向田邦子の優雅な直木賞

山口瞳さんの「男性自身」（「週刊新潮」）の日記シリーズ、平成元年十二月三十一日の項に次のような記述があります。

十二月三十一日（日）晴

暖い日。豊田健次氏来。明日は仕事で仙台へ出張するので年始に来られない。そこで年末に伺ったと言う。豊田さんのいない元日は二十年ぶりぐらいのことになろうか。友人が出世するのは嬉しいが淋しくなることもある。これがヒラ社員なら「そんな仕事はやめ給え」と言ってやれるのに。

このときの私は、べつに出世したというわけではありませんが、出版（書籍）の責任者でした。年末年始を城下町のホテルですごす司馬遼太郎御夫妻を仙台にたずねる仕儀となり、山口宅にご挨拶にうかがったのです。

後日、「男性自身」を読まれた司馬遼太郎さんに、

「ぼくのところはいいから、山口さんの方に行ってください」

と、苦笑まじりに言われたものです。

「……これがヒラ社員なら『そんな仕事はやめ給え』と言ってやれるのに」

まことに、山口さんらしい表現ですが、ここから自然に司馬さんと山口さんの対談「東京・大阪〝われらは異人種〟」（「文藝春秋」）における両氏の言葉の応酬に連想がおよびます。

司馬　ぼくは山口さんの小説や随筆はぜんぶ読んだつもりですけど、読みおわるとじつによく眠れる。（笑）どういうわけだろうとここへ来るまで考えこんでいたのですが、ともかく旺盛《おうせい》な拒絶反応性というか、非寛容というか、（笑）トゲトゲしているくせに、それが濃厚な美の意識で秩序づけられているから、その秩序の国にまぎれこんでゆくと

こちらの気持も安らかになってきて、眠りにおちこんでゆくことができました。（笑）
まあ、それは今日の本題とはかかわりはありません。山口さんは定義好き、（笑）
――こまったな、ぼくはそう決めかかっているのですけれど――まあ、強烈な定義メーカーであられる。その定義好きに倣《なら》って私も山口さんを定義しますと、命がけの僻論《へきろん》家で……。（笑）

山口　偏軒と号す。（笑）

こんなぐあいに対談ははじまり、山口偏軒は、まさに〝独断と偏見〟を総動員して、上方のズルさや、ナニワの田舎クササをあげつらいます。これに対して司馬さんは論理の人らしく、非難されているのは単なる山口さんの一方的思いこみにすぎないと諭し、やわらかく、ジュンジュンと説ききたり説きさるのですが、山口さんが説得されることはありません。さすがの司馬さんもアキれはて、やがてサジを投げ、山口さんと同じレベル、感覚的、攻撃的、非論理的なことばを発する破目におちいります。

司馬　また、日光の建物が許せない。あんな田舎の建物はない。もっとも東照宮は歴史的な建造物ですが、やはり日光センスというのが東京にあるのではないか。
山口　東照宮のあのケバケバしい感じは、私にとっては関西の感じがします。（笑）
司馬　いいとこあるなあ。そこが命がけの偏見。（笑）まあぼくなんかからみると日光センスは東京なんだと思ってしまう。そこに東西比較論のいいかげんなところがあるんですが、浅草の雷門を見ると、よくまあこんなものが見えるところに人が住んでいると思ってしまうんですよ。（笑）

偏軒曰く「東京と大阪ではユーモアのセンスがちがう。このことは実に小生にとって堪えがたきことなり」。司馬氏、答えて「そうなんです。違いますね。大阪の連中も、これだけは耐えられないといっている。（笑）」

（「文藝春秋」昭和四十六年五月号。後に文春文庫『日本人を考える』に収録）

山口宅への御年始を欠礼したのはこの年だけ。山口さんが亡くなられたのは平成七年の八月三十日だから、その年の正月まで三十年近く、元旦を山口邸ですごしたことになります。

山口さんに、

「こんど国立に大きな団地ができるらしい。来ないか」

と、声をかけていただいたのは、私が結婚してまもない昭和三十九年の暮か、四十年の春。山口さんは三十九年に国立に移り住んでおられました。

倍率の高い抽籤でしたが、一発入居がきまり、山口さんと同じ国立の住民となった次第です。

いま、当時をふりかえってフシギでならないのは、〝担当〟でもなかった私が山口さんと親しくなったことです。

私は昭和三十四年、「週刊文春」創刊の年に入社し、山口さんが「江分利満氏の優雅な生活」で直木賞を受賞した三十八年には、再度のおつとめの「週刊文春」で特集記事を毎週書いておりました。つまり、仕事上のおつき合いのない立場でした。が、銀座や新橋、新宿の酒場でかなりヒンパンにお目にかかり、文学論やら野球談義をかわしているうちに心をゆるしてくださった。僭越な言い方ながら、〝酒友〟とみとめていただいた。また、私の書いた文章（「週刊文春」）をお読みになり、面白がられたこともあったかもしれません。

当時、「週刊文春」に、「この人と一週間」というシリーズがありました。話題の人、有名人に一週間密着してレポートする一種のヒューマン・ドキュメントですが、よく書かされたものです。力道山、フランキー堺、三橋美智也、大宅壮一、石原慎太郎などなど。「巷談本牧亭」という作品で直木賞を受賞された演劇評論家の安藤鶴夫さんをとり上げたこともあります。名著『わが落語鑑賞』の作者として知られた人物ですが、自分は「江戸っ子ではなく、明治生れの、東京っ子だ」とおっしゃるのが口癖でした。

この、安藤鶴夫こと〝アンツル〟さんの文体模写を〝一週間〟でこころみて、山口さんとの共通性を申し述べたところ、山口さんは、合点がいかぬ面持ながら面白がって下さったのです。

十二月十七日（火）

「ベレーがネズミ、服がネズミ、シャツがネズミ、靴下がネズミでドル入れがネズミ、ももひきがネズミってえン、世の中にゃいろいろまた好きずきてえものがありますもんですな。このひとが表へ出ましたらお向かいの猫が飛びついてきたってえン」

死んだ桂三木助が高座からそういってからかったら顔を赤くして苦笑したそうだ。

なるほどベレーと靴だけは黒だが、たしかにあとはみなグレーずくめである。ベレーがまたマジック・ベレーという珍なるしろもの。三木助に教わって銀座で買った。

名の示すとおり変幻自在、融通無碍《ゆうずうむげ》。野暮《やぼ》ッたらしく、無精にもかぶれるし、ちょいと気取って、ターキッシュ風に、しゃれたかぶり方もできれば、宗匠か、坊主の頭巾のような実体《じってい》なかぶり方もできる。

引っぱれば首ンとこまで入る。眼鏡の上ンとこまでおろすとたいへんにあッたかくて、冬は欠かせない。家ン中でもはなさない。風邪をひかないためだ。

五厘刈りのくりくり坊主。これがないと頭ッから風邪をひいてしまう。

いっそ頭の毛をのばしたらよさそうなものだが、死ぬまでのばさないことにきめて、もうかれこれ三十年になる。

なにも悪いことをしたためではない。いちど、そんな風にきめちゃうと、それがやぶれない男なのである。

それでは、なぜ、そんな風にきめちゃったのか。

昭和九年のことである。

「ぼくア、そのころ法政三長髪の一人といわれたくらい、髪を長くしていた。それも、油ッ気のない澄江堂（芥川竜之介）ばりのやつで、試験のときなんてえものは、サラリと長い髪が前にたれて、カンニングが自由てえくらいのもン」

（「週刊文春」昭和三十九年一月十三日号）

山口瞳さんの直木賞受賞作「江分利満氏の優雅な生活」には心に残る名セリフや殺し文句、あるいはヒネリのきいた考察やら斜にかまえた、チョット気になる表白が随所に出てまいりますが、独断・ヘンケンといった感じはあまりなく、そういわれてみればナルホドとうなずいたり、共感したりすることのほうが多いように思われます。

焼きソバは、固いソバでなければいけないし、その食べ方は、「辛子をたっぷり皿のふちに盛り（この頃、焼きソバを頼んでも辛子を持ってこないソバ屋があるが、君達はいったい、どういう了見なのかね）酢を少しずつかけて、太い焼きソバを少しずつやわらかくして、それが辛子をまぶしてたべる」と、〝断言〟されると、ホントのような気がしてくるし、それが真正まことの食べ方にちがいないと、ナットクしてしまうのです。

神宮球場――昭和十二、十三年、早慶が全盛だった頃の神宮球場は恥ずかしい、と言われると、そうかもしれないと思い、「白髪温顔の士、美しい言葉で、若者たちを誘惑した彼奴は許さないぞ」という江分利の捨てゼリフに深く、うなずくのが私たち、山口さんの読者なのです。

ＢＧＭにワセダの校歌が流れ、大木惇夫の〝戦友別盃の歌〟の詞を月の前につきつけられると、江分利とともに涙を流さざるをえません。

言ふなかれ、君よ、わかれを、
世の常を、また生き死にを、
海ばらのはるけき果てに
今や、はた何をか言はん、
熱き血を捧ぐる者の
大いなる胸を叩けよ、
満月を盃《はい》にくだきて
暫《しば》し、ただ酔ひて勢《きほ》へよ、
わが征《ゆ》くはバタビヤの街《まち》、

君はよくバンドンを突け、
この夕べ相離《あいさか》るとも
かがやかし南十字を
いつの夜《よ》か、また共に見ん、
言ふなかれ、君よ、わかれを、
見よ、空と水うつところ
黙々と雲は行き雲はゆけるを。

しかし、名場面や名文句ばかりに目や耳をうばわれてはいけません。〝戦中派〟の詠嘆や怒りに共感をよせるのも大事ですが、江分利（小説の主人公）の出生の秘密や両親の結ばれ方の謎などにも注目すべきでしょう。このことこそ作者、山口さんが小説家としてこだわりつづけ、書かねばならぬと思いさだめていた大事な文学上のテーマ（「血族」「家族」）にほかならないからです。

大正15年1月19日、江分利は大森の入新井で生まれた。だから、厳密にいえば東京生まれではない。それはいいが、1月19日に生まれたのに、戸籍上は11月3日生まれとなっている。11月3日といえば明治節である。「亜細亜の東日出ずる処聖の君の現れまして古き天地とざせる霧を大御光に隈なくはらい……」の明治節である。江分利は、誕生日が明治節であることに、疑問を感じたことがある。（そんなに都合よくゆくはずがない）明治節は気候もよく、めったに雨も降らぬとかで、ゲンのいい日とされていた。だから、適当にやっておいたのだろうと思っていた。しかし、10ヵ月もサバを読んでいるとは思わなかった。（これはヒドイよ）

何故、江分利の出生届けが10ヵ月も遅らせられたかというと、大正14年の12月に江分利の兄が生まれたからである。江分利の母は、臨月でふうふういっている所へ、突然、見も知らぬ嬰児の兄が届けられたときの愕きを一度だけ語ってくれたことがある。

いったい、父と母とはどんなふうに結婚したのだろうか。母は旧家のお大尽の娘である。父は、中学のときから苦学生である。兄の母というものがありながら、何故父は江分利の母と結婚したのだろうか。母と結婚することになっていて、その途中で、父はあやまちをおかしたのだろうか。それとも、江分利の兄の母と結婚することになっていて、その途中で、父が何かのことで無理に変更したのだろうか。そのへんのことは、わからない。もし、結婚ということが、子供をつくるということが、心と心とのむすびつきだとするのなら、江分利の父は、あるいは江分利の父ではないかもしれない。江分利と江分利の父とは他人かもしれない。そのへんも、わからない。しかし、江分利は、そのへんのことをわかろうとしたことがない。知りたい、とは思わない。どうでもいいのだ、そんなことは。しかし、このことは、江分利の出生が10ヵ月遅れて届けられたということは、江分利を左右するのである。昭和の日本というのは、そういう仕組みになっているのである。

（『江分利満氏の優雅な生活』文藝春秋）

「そのへんのことは、わからない」「知りたい、とは思わない」と、江分利は言うが、作者である山口さんは、「そのへん」のことは、いずれ詳しく調べて書くことになるだろうという予感を、このときもったのではないでしょうか。いや、「そのへんのこと」を書くのがみずからのツトメであると考えたにちがいありません。

「軽率がつきまとっている」という、意表をつく文章ではじまる直木賞受賞第一作「伝法水滸伝」を読み、読者は喫驚しました。基本的には「江分利満……」と同じスタイルなのですが、語り口が自由奔放というか、型破りというか……。山口さんにうかがってみたわけではありませんが、もしかしたら、第一作がなかなか書けずに、なかばヤケクソになり、八方破れの挙に出ざるをえなかった、のではないでしょうか。

玉川勝太郎の浪曲を引きながら、随所に「されば天保十二年」を連発し、「夏とはいえど片田舎である」と茶々を入れながら、作者のルーツ、飯岡方の三下、富士松を登場させる手法は凡手のよくなすところではないが、窮余の一策とみえないこともありません。

先生（玉川勝太郎）の浪曲には、やたらと、されば天保十二年が飛びだします。このニュアンスがむずかしいね。このサレバをどう訳すかがむずかしい。これが何の脈絡もなく飛びだしてくる。

〽《フシ》義理と人情は涙が先よ、サレバ天保十二年、抜けば玉散る長脇差。ときちゃうね。宝暦五年でも、安政元年でも構わないのです。サレバ……とくればいいのです。〽《フシ》あしかけ十年血で血を洗う、利根の魚に男の意気地、サレバ天保水滸伝。とくるね。〽《フシ》太平洋の波に入る、男心の達引《たてひき》は、サレバ天保水滸伝。よくわからない。〽《フシ》生命《いのち》悲しくやるせなく、吐血に似たるむせび泣き、酒に生れて酒に死ぬ。この剣豪をともろう歌か、サレバ下総草双紙《しもうさくさぞうし》、平手最後の斬死は……これは便利といえば便利なフシです。適当なところで〽サレバ《フシ》……といけばいいのです。

玉川勝太郎先生の「天保水滸伝」をもう少し紹介してみましょう。〽《フシ》利根の川風袂に入れて、月に棹《さおさ》す高瀬舟、人目関の戸叩くは川の、水にせかれる水鶏《くいな》鳥《どり》、恋の八月大利根月夜、佐原囃《ばや》子《し》の音《ね》も冴《さ》え渡り、葭の葉末に露おく頃は、飛ぶや蛍のそこかしこ、潮来あやめの懐かしさ、私しゃ九十九里荒浜育ち、というて鰯《いわし》の子ではない。意地に強いが情けにゃ弱い、義理と人情は涙が先よ、サレバ天保十二年、抜けば玉散る長脇差、飯岡笹川鎬《しのぎ》を削る、伝え伝えし水滸伝……どうでしょうか。この脈絡のなさ。

たとえば、句読点毎に一節ずつ飛ばして書き写してみましょうか。〽《フシ》月に棹す高瀬舟、水にせかれる水鶏鳥、佐原囃子の音も冴え渡り、飛ぶや蛍のそこかしこ、私しゃ九十九里荒浜育ち、意地に強いが情けにゃ弱い、サレバ天保十二年、飯岡笹川鎬を削る、伝えし水滸伝。ちっともおかしくないでしょう？　この天衣無縫、自由闊達《かったつ》なる精神にわれわれは学ぶところ大なるものがあるといえるのでは、アリマスマイカ。

ともかく天保水滸伝を語るとなれば、まず勝太郎節に脱帽すべきでしょう。突如として「恋の八月大利根月夜」とくる。「吐血に似たるむせび泣き」という意外また意外の絶妙のタンカが飛びだしてくる。彼は大天才です。脈絡はなくとも精神《ハート》を最もよく伝えているのは、これです。

（『山口瞳大全』第四巻　新潮社）

脱帽すべきは玉川勝太郎先生ばかりではありません。かかる〝自由闊達なる語り口〟を自在に駆使して己のルーツをさぐる山口瞳——富士松の後裔に脱帽し、喝采をおくるばかり。いやいやミゴトなものです。

サレバ昭和五十年。夏とはいえど片田舎（国立）。山口さんから、こんなアドバイスをいただきました。

「放送作家の向田邦子に君のところで小説を書かせてみたらどうだ」

当時、向田さんはテレビの世界で大変な売れっ子作家でした。山口さんはテレビで、彼女の作品「七人の孫」や「だいこんの花」などを見て、この人は天才であると思ったそうです。

「とにかく向田邦子さんに会ってみなさいよ。ちょっとしたもんだから」

そこで私は向田さんに会いに行きました。すると向田さんは、

「お話はありがたいが、いまはテレビの仕事が忙しくて、とても小説を書く時間の余裕がない。でも将来、小説を書く意欲がわいてきたときには、かならず、豊田さんのところでやります」

というご返事でした。

サレバ気永に待とう。そのかわり、というのもヘンですが、よく、お酒をのみました。赤坂のお店などに連れていかれましたが、後に妹さんが女主人となる「ままや」のようなお店が多かったように思われます。

新橋に「とんとん」というお店がありました。朝日新聞の名物記者たち、飯沢匡さん、黒柳徹子さん、戸板康二さんなどがよくいらしていました。山口さんの「男性自身」にしばしば登場するお店です。私が向田さんをお連れすると、並みいる男性客がみんな彼女にイカれる、……好感をいだいてしまう。向田ファンとなり、「またお連れしてくれ」といわれる。それで何度かご一緒しました。私の会社の先輩編集者などは、毎晩通いつめ、なかの一人は、奥さんを亡くされてから、とうとう店のママと再婚してしまいました。

その先輩も、向田さんを非常に気に入って、

「あれはいい女だ」とホメチギっていました。人をそらさない天性と頭の回転の良さが、

そういう人間関係を生んだのでしょう。

はじめていただいた向田さんの原稿は「能州の景」と題するエッセイでした。山口さんの文章（「男性自身」シリーズ『木槿の花』新潮社）を引かせてもらいます。


豊田健次は、最初から向田邦子には小説を書かせることだけを狙っていたが、なかなか書かない。豊田は五十一年四月に『文學界』編集長に就任するが、当時は『別冊文藝春秋』という小説雑誌の編集長も兼任していた。

その『別冊』のほうの随筆欄を充実させたいということで相談にきた。私は文章の上手な人の名を何人かあげ、「随筆名人戦」というタイトルもその場で二人で決めた。そのとき向田邦子の名は出さなかったのであるが、雑誌が出来あがったら、ちゃんと向田邦子の名前があった。私は、豊田のなかに向田がそのように定着していることを知って喜んだ。その少し前に向田邦子が乳ガンの手術をしていることを豊田は知らなかったという。豊田が向田邦子に書かせた小説は「あ・うん」（長篇）、「幸福」、「下駄」、「胡桃の部屋」、「春が来た」の五篇である。

最初に向田さんにいただいた小説は「あ・うん」でした。この作品は、もともとオリジナルではなく、ＮＨＫのドラマシリーズ「人間模様」の一つとして構想されたものです。

昭和五十四年の暮のことでしたでしょうか。社に向田さんが来られて、「テレビの仕事は、どんなに努力しても一瞬に消えてしまう。やはり活字で残したいという気持が日に日に強くなった。そこで、小説を書きたいのだが、はじめてのことで不安でならない。手はじめに、ノベライゼーション――放送台本の小説化というかたちでやってみたい。ついては、『あ・うん』という作品をＮＨＫにわたしてあって、もう出来上っている。試写会が近くあるから、それを見て、豊田さんがこれでもよろしいというのであれば小説にする」というお話でした。

それでＮＨＫに見に行きました。試写会には多数の放送記者が集まり、記者会見は熱気をおびておりました。

演出・深町幸男。主役の水田仙吉にはフランキー堺。彼の〝寝台戦友〟の門倉修造には杉浦直樹。仙吉の妻たみを吉村実子が演じ、娘さと子には岸本加世子が扮し、修造の妻には岸田今日子が配されるという、いかにも向田さんらしいキャスティングでした。みごとな出来栄え。情感あふれる、格調の高い家庭劇。小説にしても傑作まちがいない、と直観し、すぐに小説化のお願いをいたしました。こうして「あ・うん」（第一部）は昭和五十五年の「別冊文藝春秋」一五一号（三月号）に掲載されたのです。

この作品を読んだ山口さんは「『あ・うん』は家庭小説、夫婦小説、市民小説であると同時に昭和の反戦文学の傑作でもある」と評されております。

以下の山口さんの文章は、文春文庫版『あ・うん』の解説からの引用です。

『あ・うん』という小説を一言で約《つづ》めて言うならば、門倉修造と水田仙吉の奇妙な友情物語である。これに少しつけ加えるとするならば、門倉と水田の妻のたみとのプラトニック・ラヴということがある。

ここで、まことに個人的な感想を言わせてもらうと、門倉と水田との友情は、私と梶山季之との関係によく似ている。景気がよくて男前で、女性関係の絶えない門倉が梶山で、煮えきらない感じの水田が私である。門倉が、たみへの恋情をたちきるために水田に喧嘩をふきかける場面がある。私たちにもそういうことが何度かあった。梶山季之と講演旅行に出たとき、ある会場で、梶山が、あいつも、たまには銀座の酒場の勘定を持ってくれればいいのにと言ったことがある。それを講演会場の奥の暗がりで聞いて、私はカッとなった。しかし、次の瞬間に、私は、不思議にも、梶山の私に対する愛情の深さを感じとってしまったのである。これが他の男であったなら、私は決闘を申しこんだかもしれない。ちょっと補足すると、梶山と銀座で飲んで、こちらで勘定を持つということは、不可能なのである。そういう感じは、多くの人が承知しているはずである。彼には「フケの梶山」という渾名があり、いつのまにか勘定を済ませて消えてしまうのである。それに、彼は、常に大勢の仲間を引き連れて飲んでいた。稀に二人で飲むときは折半で払っていたし、私の行きつけの店では私が勘定を支払っていた。つまり、梶山は、承知で喧嘩を吹っかけてきたのである。男の友情というのは、関係が濃くなると、そんなことにもなってしまうのである。双方に甘えが生じ、血が濃くなって近親憎悪に近い感じになる。そういう、それまで男にしかわからないはずだと思っていた心の動きを、女の向田邦子がどうして察知することができたのか。私は、それを怖しく思い、憎ったらしいようにも思う。そうして、感嘆せずにはいられないのである。

水田の父の初太郎は、山師であって、私の父によく似ている。水田と初太郎との関係は、私と私の父との関係によく似ている。私は、最初に『あ・うん』を読んだとき、向田邦子は、私のこと、私の家のこと、私と梶山とのことを、どうしてこんなによく知っているのだろうかという錯覚に把えられた。おそらく、読者は、この作品を読むときに、私と酷似した感想を抱くのではなかろうか。

「どうして、向田さんは、わたしのことを、こんなによく知っているのだろうか」

そこに、人間関係を描くときの向田邦子の凄まじいばかりのリアリティがあるのである。こんな小説は、めったにあるものではない。

（『あ・うん』文春文庫解説）


ベタボメ、絶讃に近いが、すべてよしと言っているのではなく、批判すべきことは批判し、苦言を呈し、忠告をおくることも忘れてはいませんでした。あるとき、山口さんは、向田さんに、こんな手紙を書いたそうです。

週刊誌の見開きの随筆を長続きさせる方法をお教えします。三打数一安打をこころがけることです。毎回が面白いと、読者はそれに馴れてしまって、もっと高度なもの、もっと密度の高いものを要求します。これは決してツマラナイものを書けと言うのではありません。いや、ときにはツマラナイものを書いてもいいのです。そのかわり、これは面白いと思ったら、その材料を蔵《しま》っておくのです。面白い材料をある回に集中して発表します。三打数一安打のヒットというのがその意味です。それが二塁打、三塁打になれば、五打数一安打でも、読者は許してくれるものです。

（「男性自身」シリーズ『木槿の花』新潮社）

次のような文句もつけております。

「題名というのは、一度で覚えられるようなものでなくては駄目ですよ。『無名仮名人名簿』、『霊長類ヒト科動物図鑑』なんて覚えられますか。本屋へ行って言えないでしょう。第一、長ったらしい。『思い出トランプ』、『眠る盃』、なんのことかわからない。『あ・うん』も駄目。女の子が本屋へ行って、あ・うんコレくださいなんて言えますか」

向田邦子は何でも知っていた、と認めながらも、山口さんはこうも言う。「しかし、向田邦子にはわかっていないこともたくさんあった。彼女は、家庭内の機微、夫婦生活のそれについて、わかっているようで、まるでわかっていない。特に夫婦生活については、皆目駄目だった」

たとえば、「夏服、冬服の始末も自分で出来ない鈍感な夫」というような描写があった。家庭内では、通常、夏服、冬服の出し入れは妻の役目である。

「宅次は勤めが終ると真直ぐうちへ帰り、縁側に坐って一服やりながら庭を眺めるのが毎日のきまりになっていた。」（「かわうそ」）というのもおかしい。

会社から家まで一時間半。田舎の町役場に勤めているならいざしらず、ふつう、小心者の文書課長である夫は暗くなってから帰宅するはずである。

（「男性自身」シリーズ『木槿の花』新潮社）


昭和五十五年七月十七日。東京築地の「新喜楽」。直木賞選考会に話はとびます。山口瞳さんにとって最初の選考会、はりきらざるをえません。

このときの委員の顔ぶれは、村上元三、水上勉、五木寛之、今日出海、源氏鶏太、阿川弘之、山口瞳の七氏でした。

向田さんの候補作は「花の名前」「かわうそ」「犬小屋」（初出は「小説新潮」昭和五十五年四月号〜六月号。後に単行本『思い出トランプ』として新潮社より刊行）の三篇。なぜ、

「あ・うん」ではなかったのかといいますと、この時点ではまだ「あ・うん」は完結していません。発表された作品は第一部に当るものでした。長篇の一部を候補にするわけにはいかない、完結してから、一冊にしたものを候補にするというのが普通のやり方です。その間に「小説新潮」の、連作シリーズ「思い出トランプ」がはじまったという次第です。

山口さんは、どのような気持で選考会にのぞんだのでしょうか。「男性自身」シリーズ『木槿の花』によれば、次のような具合でした。

私は、委員に任命されたとき、こんな決意をしていた。

「私情をまじえてはいけない。候補作を熟読して公平に評価しよう」

誰でも考える当然のことであるが——。

では、ここで向田邦子が落選することは公平であろうか。いや、絶対にそれは不公平である。最初であろうが異例であろうが、良いものは良い。

候補作を読むときに、すでに雑誌で読んでいる向田作品を最後に読むことにした。再読して、また圧倒された。

授賞は向田さん一本にしぼり、絶対にクイを残さぬよう、不退転の覚悟で出席したところ、形勢我に利あらず、向田さんが落ちそうになっているではないか。

委員会は最終段階に入っていて、志茂田景樹の『黄色い牙』と向田邦子の『思い出トランプ』のうちの三作が残っていて、志茂田を七点とすれば向田は四・五から五点という状況だった。○△×で票を集めるので、そんな点数になるのである。

文学賞の銓衡では、一作受賞というのが望ましい形である。二作では、どうしても印象が弱くなるし、スッキリしない。志茂田の七点というのは満票に近い成績である。その場の情勢は一作受賞に傾いていた。みんな疲れていて、ヤレヤレ終ったというムードが漾《ただよ》っていた。私は、しかし、体から血の気が引くような思いをしていた。

かかる状況のなかで水上勉委員がボソっと、「おい、文学はコンピューターか」とつぶやきました。

水上発言を私（豊田）なりに解釈しますと、こういうことです。文学作品を単純票決できめていいのか。各自、それぞれ推し方があって、同じ○でも◎もあれば、同じ×でも××もあるのではないか。そんな意味あいだったと思います。

直木賞銓衡委員会は『オール讀物』編集長が司会をするのであるが、その編集長の豊田健次が、

「それでは、水上さんのご発言もありますし、志茂田景樹さんと向田邦子さんのお二人の作品で、もう一度ご検討いただきたいと思いますが……」

と言った。良いタイミングだった。

水上勉と豊田健次の言葉に勢いを得た。

「水上さんは向田邦子を強力に推していますね。そういう一点と他の一点とは重さが違うんじゃないですか。それから、阿川さん……」

私は隣に坐っている阿川弘之の膝を突っついた。

「あなたは、たしか、向田邦子一作受賞と言いましたね」

「うん、そうだよ」

「私を含めて、水上さん、阿川さんの三点は、比重が重いんじゃないでしょうか」

出しゃばり過ぎかと思ったが、引きさがるべき場合ではない。私は、すでに、向田支持の長広舌《ちょうこうぜつ》を撲《ぶ》ったあとなので、そんな言い方しかできなかった。

志茂田景樹の「黄色い牙」は、直木賞受賞作として文句のつけようがない堂々たる完成品だから、この一作受賞でよいのではないか、向田作品は短篇といえども、連載中なのだから、そんなに急ぐことはない、完結し、一本にまとまったところで検討すればいいのではないか、というのが反対派の委員のご意見でした。それと、向田さんが放送作家としては実力者でも、小説家として十分にやっていける人なのかどうか、と疑問を呈する委員もおられました。

五木寛之さんが「さらばモスクワ愚連隊」で候補になったとき、もう一作みようではないかと見送られ、次作の「蒼ざめた馬を見よ」で受賞され、野坂昭如さんも同様に「受胎旅行」ではなく、二回目の「アメリカひじき」「火垂るの墓」で受賞されました。

例外もあります。たとえば、井上ひさしさんの「手鎖心中」。私たち編集部（別冊文藝春秋）としては、お披露目というか、この作品で井上ひさしという存在を委員に印象づけ、二作目で直木賞受賞という算段を立てていたのですが、みごとに第一作で受賞されました。しかし、たいていは二作、三作目。池波正太郎さんは、たしか六作目。古川薫、白石一郎、阿部牧郎さんたちのように候補歴八回、十回という方もおられます。

どんなキッカケだったか、それは忘れた。

「向田邦子は、もう、五十一歳なんですよ。そんなに長くは生きられないんですよ」

と、私が言ってしまった。

ここから風向きが変わったようなのです。

「そうか。もっと若いと思っていたが」「それならば、さし上げてもいいか。なかなか才能のある人のようだし」

「じゃあ、二作受賞にしようか」

と、誰かが言い、豊田健次が、すかさず、一座を見廻して目で確認し、有難うございますと言って頭をさげた。

（「男性自身」シリーズ『木槿の花』新潮社）

「なにかこう、心にしみるような小説ないかしら」と、向田邦子さんに訊かれたのは、彼女が直木賞を受賞してまもないころでした。

私はチューチョなく、野呂邦暢の『諫早菖蒲日記』をおすすめしました。

この作品は、「文學界」に三回にわたって分載され、すぐに単行本になりましたが、第一回が発表された段階で、江藤淳さん、川村二郎さん、篠田一士さんらの文芸時評でとり上げられ、高い評価と讃辞をうけたものです。

多忙な向田さんのことですから、なかなか読んではくれないだろうと思っておりましたところ、すぐに反応があって、素晴しい、とても感動したというのです。

小説の主人公《ヒロイン》は諫早藩砲術指南の娘「志津」。十五歳になったばかりの多感な少女の視点で物語は語られていきます。

「野呂さんて、男性なのに、どうして女の子の気持がこれほどまでわかるのかしら。この志津さんが、とっても魅力的。文章がみずみずしくて、読んでいるこちらまで、すっきり清々しくなるようだわ」

作者の生まれ育った土地への愛情が作品にみなぎっているというのです。

「そこへいくと、私なんか、まるで、山川草木、ウタタ荒涼、といったところね」
単行本『諫早菖蒲日記』のあとがきに、作者は次のように述べております。

私がいま住んでいる家は、本書の主人公藤原作平太の娘志津がくらしていた家である。明治三十八年に建てかえられたのであるが、屋敷のうちそとには昔人の面影がのこっている。蓬萊竹の生垣がめぐらされ、庭には柿の木がある。付近の漁師町はいまほとんど海苔の栽培で生計を立てている。船大工の家で現存しているのは廃屋となった一軒だけであるが、船を建造したのは三十数年前が最後であった。私は子供の頃、仲沖の堤防から進水する漁船を見物したことがある。この家の家主さんA夫人と私は同じ棟に住んでいる。ふとしたことで土蔵に御先祖の古文書がしまわれていることを知り、秘蔵の砲術書や免許皆伝の巻物などを見せていただいた。オランダ語から翻訳された砲術教程もあった。数十冊の古文書のうちには専門家の鑑定によれば、わが国に二、三冊しかない貴重な史料もまざっているとのことである。百二十年前、諫早藩鉄砲組方の侍たちが砲術を学び、その術を口外しないこと、また奉公に懈怠なきことを誓って署名血判した誓紙もあった。血の痕は色褪せ、薄い茶色になっていた。藩士たちの名前は諫早で親しい姓名である。私の親戚知人の先祖と思われる姓も見られた。三年前のことであった。奉書紙にしるされた薄い血の痕に鮮かさを甦らせることが私の念頭であったのだが、それが本書によってかなえられたかどうか。

（『諫早菖蒲日記』文藝春秋）


この、「土地の精霊の加護をうけ」、あたかも「土地の精霊と合体」したかのような作品を、向田さんは、みずからの手でテレビ化したいと言い出されたのです。

「これほどの作品を書く才能のある方が、さほど世に知られてない、みとめられていないのは不公平です。これをテレビ化して、多くの人に見てもらえば、野呂さんの知名度も上り、ご本も売れるようになるはず」

ま、そうともいえるかもしれないが、野呂邦暢だって無名の新人ではなく、芥川賞作家であり、この世界で、ゆるぎのない地歩をかためている作家である、あまりみくびらないでいただきたいと、申し上げたいところでしたが、向田さんがテレビ化したいというのであれば、反対する理由はない、というより諸手をあげて大賛成、どうかよろしくお願い申し上げますと、頭を下げました。

ところが、現実はなかなかキビしい。テレビの世界で顔のきく向田邦子といえど、『諫早菖蒲日記』テレビ化の話にのってくる局は皆無といっていい。それはそうでしょう。歴史・時代小説ながら、淡々とした語り口で、はげしい合戦も男女のカラミもない。なかには、本を読みもしないで、「ショーブ日記」――「勝負日記」、これはいけるかもしれません、と一膝のり出すプロデューサーもいましたが、中味を知って悄然、立ち去ったというヒト幕もありました。

こんなことで引き下る向田邦子ではありません。窮余の一策というのでしょうか、一計を案じました。野呂邦暢作品に、『落城記』という好篇があります。『諫早菖蒲日記』のあとに書かれたものですが、これには合戦、ドンパチがある。城が落ちるというスペクタクル・シーンもある。恋愛譚も書きこまれている。この作品を売りこみ、テレビ化が実現したのちに『諫早菖蒲日記』にとりかかろうという作戦です。

テキもなかなかシブとく、OKが出ません。向田邦子さんとご一緒に、私も、いくどとなくテレビ局側の人間に会い、話し合いをいたしました。紆余曲折あったのち、ついに彼女の熱意が通じたのでしょう、局側の同意を得ることができました。向田邦子が総プロデューサーを引きうければ、そのことが宣伝になるので、という条件をのんでの交渉成立でした。

向田さんは、脚本は柴英三郎さんにゆずり、ご自身、プロデューサーとなり、キャスティングや宣伝の仕事に専念することになるわけです。

その後の向田さんの奮闘ぶりは大変なものでした。大車輪、獅子奮迅ということばが不自然ではないくらい、役者えらび、ディレクターとの話し合い、柴さんを督励し、記者会見を開いて、なぜ自分がこの作品にひかれたか、野呂さんの作品に魅力を感じたかを、プロデューサーの立場から滔々と述べられるなど、初体験の仕事を精力的にこなしておられました。

昭和五十五年、五月の大型連休に入る直前、野呂邦暢上京。このときはじめて野呂、向田ご両名は顔を合わせたことになります。場所は六本木の中華料理屋。

テレビのこと、映画の話。座は大いに盛り上って、二次会は新宿の、私の行きつけの酒場。ふだん飲まない野呂さんが、水割りのお代りをしていたのが印象的でした。

夕刊でもとホームの売店で手をのばし、凍りついてしまった。

芥川賞作家急死という見出しの横に、思いがけない人の写真があった。

野呂邦暢氏である。

つい十日ほど前、上京された野呂氏を囲み、食事をし、バーで語り歌ったばかりである。

心筋梗塞による急死というが、まだ四十二歳である。五日前には、たのしかったという手紙もいただいたばかりである。

いきなり殴られた気がした。

「諫早菖蒲日記」「落城記」。私は野呂氏の時代小説が大好きだった。お人柄も敬愛していた。楽しかった新緑の旅が、急に陽がかげったように思えた。

心浮きたつことのあとには、思いがけぬ淵がくる。そう教えられたと思うべきなのだろうか。いずれにしても、今年の新緑は、忘れられないものになりそうである。

木の芽してあはれ此の世にかへる木よ　鬼城

（向田邦子〝楫斐の山里を歩く〟「旅」昭和五十五年七月号）

昭和五十六年八月十六日。私は向田さんと京都にいました——といっても二人だけではありません。TVドラマ「落城記」の製作に関係している人たち、局側のプロデューサーや脚本担当の柴英三郎さんたちと一緒でした。「落城記」は「わが愛の城」というタイトルで放送されることになるのですが、それがほぼ完成し、そのラッシュを撮影所（京都）内の試写室で見る、それから出演者たちを激励、慰労する、あわせて大文字焼き（五山の送り火）を観賞するというのがセットになった旅行でした。その後、判明するのですが、向田さんはその直前に阿波踊りのツアーにも参加し、亡くなったのは台湾旅行中ですから、仕事に追われながら、次から次へ、飛びまわっていたことになります。

なぜ、そのようなリクリエーションにも遊びにもならないようなハードスケジュールになってしまったのか、やはり六年前に乳ガンの手術をなさって、再発の不安をかかえ、いまのうちに見るべきことは見、やるべきことはやらなければ、と焦燥感をうちにかかえこんでいたのではないかという気がいたします。

とにかく、あの当時の向田さんは身体がよくもつな、と、みんなが心配するくらい、あちこち旅行されていた。

京都旅行の翌週の八月二十二日は朝から暑い日でした。その日は土曜日。いつもなら、ゴルフに行くか、家でゴロゴロしているかなのですが、昼すぎ、浜田山の松本清張さんのお宅に、仕事の打ち合わせで伺いまして、三時ごろですか、松本家を辞去し、国立の駅に降りて、山口さんのエッセイによく登場する寿司屋に寄りましたところ、「男性自身」では〝ジュニア〟の仇名で活躍するご主人が妙な表情で私の顔をジッと見つめている。「どうしたんだい？」と、私が訊くと、「知らないんですか。向田邦子さんが、飛行機事故で亡くなったんですよ」と言われて、頭がまっしろとなり、そのまま〝ジュニア〟にタクシーをよんでもらい、家に帰り、着替えて、向田家に行っても大変な騒ぎだろうから、妹さんのお店「ままや」に行けば、編集者も集まっているだろう、と、赤坂のお店に直行したところ、案の定、各社の編集者が多数つめかけていました。

そのころ、国立の山口瞳邸では——。

八月二十二日は暑い日だった。朝から夜中まで、ずっと暑かった。台風十五号の影響だろう。おそらく不快指数は最高に達していたはずである。坐っているだけでシャツの頸筋《くびすじ》のところが濡れている。

前夜は、文藝春秋の豊田健次と銀座で遅くまで飲んでいた。その前夜は『旅』編集部の石井昴と、またその前日は大阪のキタで新潮社の池田雅延と、という具合であったから、朝からぐったりとしていた。私は梶山季之の遺品であるところの皮椅子に坐ってテレビを見ていた。

＊

八月二十二日の昼過ぎになっても、私は、まだ、ぐったりとしてテレビを見ていた。その番組（なんだか忘れた）がコマーシャルになったので、他局にチャンネルをきりかえた。すると、「……死者十六名。ニュース速報・終」という文字が見えた。

たぶん台風関係の事件だと思われたが、NHKにきりかえることにした。

「台湾で旅客機が墜落。台北から高雄に向う遠東航空。全員死亡。日本人乗客十七名」

正確に記憶しているわけではないが、日本人の乗客名のなかに、K・むこうだ、があった。体が震えた。瞬間、私は駄目だと思った。なぜなら、私は、前夜、豊田健次から向田邦子が台湾旅行中であることを聞いていたからである。

「おい、大変なことになったぞ」

どうやって女房に知らせるかがむずかしい。心臓神経症の患者である女房が、いきなり向田邦子の顔写真を見せつけられたら卒倒するおそれがある。

「なんかの間違いでしょう。運の強い人だから、死ぬわけないわ」

「でも、めったにある名前じゃないから」

そう言ったのは息子である。向田は、コウダ、もしくは、ムカイダと訓《よ》む場合がある。K・むこうだとあるからには、本人の署名であるにちがいない。それに、Kというローマ字でもって、何か烙印《らくいん》が押されているようにも見えた。

それからのことは、なんだかウヤムヤみたいになっている。私は罐ビールを飲みだして、それがすぐにウイスキイに変った。テレビにむかって、しきりにバカヤローと叫んでいる。


まだ、「K・むこうだ」としか発表されていないが、女房に、豊田健次の家に電話をかけさせた。しかし、豊田は、土曜日であるのにもかかわらず、作家訪問に出かけていて留守だという。

矢口純にも電話を掛けさせた。矢口は、えっ！　と言ったまま絶句してしまったという。

「おい、豊田さんにもう一度電話してくれ。それで、奥さんにね、構わないからM先生の家に連絡するように言ってくれないか」

私は、ずっと、頭がカッとなったままでいた。

あれは、NHKの三時のニュースではなかったかと思う。

「なお、日本人乗客は、すべて男性であることが判明しました」

これは実に奇怪なニュースである。K・むこうだの他にも何人かの女性乗客がいて、それが急に男性に変ってしまうなんて、ありうべからざることである。

「ほらごらんなさい。向田さんじゃないじゃないの。あの人、死にっこないのよ」

心臓神経症の患者としては、信じられないような勢いで、女房は椅子から飛びはねて言った。

「いや、駄目だ。まだわからない」

私は観念していた。

「だって、全員が男性だって言ったわよ。NHKが言ったのよ」

「あの人、パンタロンに上っ張りっていう人だから男と間違えられたんだ」

「違うわよ。みんな男なのよ。向田さんは乗ってない、乗ってない。助かった、助かった」

私は自分の女房が雀踊《こおど》りして喜ぶ姿を初めて見た。それを眺めていた。馬鹿な奴だ。

向田邦子が乗っていなかったとしても、百人以上の人間が死んだのである。

電話が鳴った。共同通信からだった。

「向田邦子さんの遭難について、何か一言……」

「日本人乗客は全部男性だって、いま、NHKのニュースで言いましたよ」

「ええ、でも、確認されたんです」

「確認されたって、あなたが遺体を見たわけじゃあるまいし……」

すぐに電話を切った。それでも、私は、まだ、向田邦子が無事に帰ってきて、あたし、あやうく大辻司郎になるところだったという冗談を言う場面が目にちらついたりもするのである。混乱していた。（略）

結局、豊田健次には連絡がつかなかった。彼は、作家訪問を終え、国立《くにたち》駅に着き、駅に近い寿司屋に入った。彼は、そこで、いきなり、テレビに映じた向田邦子の大きな顔写真に直面したのである。後に、寿司屋の若旦那が、こう言った。

「豊田さん、真蒼《まつさお》になって、注文したビールも飲まずに飛びだしていったんです。何かあったんですか？」

（「男性自身」シリーズ『木槿の花』新潮社）

ビールをのんだかどうか。ビールをたのんだとして、飲んだのか、飲まなかったのか、私に記憶はないのだから、山口さんの記述にしたがうほかありませんが、「テレビに映じた向田邦子の大きな顔写真」は、この方がよりドラマチックではあるものの、事実ではなかった気がするのです。「何かあったんですか」と、たずねたのではなく、〝ジュニア〟は、もう知っていて、けれども、豊田に、そのまま直接的に伝えるのは気の毒であるという感じで、喋った、というのが私の記憶です。

山口さんとの長いつき合いで、ときどき感じたことは、お書きになったものと、私の記憶している事実とが、しばしば異なっているということです。

嘘ではない、嘘というのではない。状況も場面も、そのときの人物関係も、書かれてあるとおりなのですが、私の考える、思っている事実とすこしちがう。そのちょっとのちがい、表現上の創作といったようなものが、山口さんの「芸」、もしくは「性《さが》」と言ってよろしいのではないでしょうか。

単行本『木槿の花』は申すまでもなく、「男性自身」（「週刊新潮」連載）に書きつがれた作品を集めたものですが、「木槿の花」と題されたものは八篇。八月二十二日、向田邦子の訃報に接して一回分を書き上げてから、つづけて七回、十月なかばまで毎週、向田邦子の追悼記を書きつづっていたことになります。

山口さんは追悼文、レクイエムの名人でした。これまでに「男性自身」で恩師や友人、知人、肉親の死をとり上げ、読者を唸らせ、感嘆させ、涙をしぼらせたことは何度もありましたが、「木槿の花」のように八回にもわたって、一人の人物を偲び、語りつづけたのは、はじめてのことでしょう。

まさに気合の入った、心情こもる文章で、山口さんの狼狽や動揺、哀惜、悲嘆、そういったものが、ひしひしと伝ってまいりますが、その一方で、文章の奥のところに、「戦友」向田邦子の突然の死をよろこんでいるというのではありませんが、千載一遇の題材を得て「シメタ」とつぶやいている山口さんのお顔が私には透けて見えるような気がするのです。これも作家の〝サガ〟。週刊誌の〝顔〟ともいうべき連載コラムをまかせられ、毎週ネタさがしに必死の作者にとってみれば、当り前のことですし、かけがえのない戦友を失った者として、腕にヨリをかけて弔辞を完成させるのは、なによりも、あとに残された戦友の義務でもあったのです。

八月二十九日、初めて南青山のマンションの向田邦子の部屋に足をいれた。彼女は、

芳章院釈清邦大姉

になってしまっていた。「かわうそ」のラストシーンがそうであるように、彼女は自分自身にも残酷な幕切れを用意した。

マンションの住人に迷惑を掛けるということで、通夜の酒肴《しゅこう》は『ままや』で供されることになっていた。

私が『ままや』へ行くのは、開店の日と、直木賞銓衡委員会の夜と、これで三度目だった。そこにも菊の花に縁どられた向田邦子の写真があった。

私は、その写真のある奥の席に坐った。酒を飲めるような状態ではなかったが、飲まずにはいられない。

十一時が閉店であるという。十時半になっていた。妹の和子を早く寝かせなければならない。

「何か歌いましょうよ」

と大山勝美（東京放送・TVプロデューサー）に言った。

梶山季之の通夜の席で、私は『戦友』を歌った。隣に坐っていた野坂昭如の助けを借りた。野坂は歌手であり、かつての軍国少年であり、抜群の記憶力の持主である。

「『戦友』を歌いましょう、みんなで」

こんどは豊田健次が頼りだった。

〽ああ戦《たたか》いの最中に
隣に居った此の友の
俄かにはたと倒れしを
我はおもわず駈け寄って

「お姉ちゃんは私の戦友でした」

私は遺影を指さして和子に言った。

〽戦いすんで日が暮れて

探しにもどる心では
どうぞ生きて居てくれよ
ものなといえと願うたに

威勢のよかった歌声が、だんだんに心細くなっていった。私は、声を張りあげて歌っている自分一人が薄情な男に思われてきた。

〽肩を抱いては口ぐせに
どうせ命はないものよ
死んだら骨を頼むぞと
言いかわしたる二人仲

なんだかおかしい。歌っているのが私一人になっている。私はＴＶ関係者の席を見た。吉村実子もいしだあゆみも目を赤く泣き脹らしている。これはいけない。豊田だけが頼りだ。

その豊田を見た。彼は、ぶわっと頬をいっぱいにふくらませた幼児の顔になっていた。怒っているのかと思ったが、そうではなくて、絶句しているのだった。何かに耐えている顔つきだった。

「直木賞をとらなければ……」

豊田もまた、そう思っているのかもしれない。

「直木賞をとらなければ死なずにすんだかもしれない」

そのとき、遺影が私に話しかけてきた。

「あなたがいけないのよ。私のことを五十一歳なんて言うから」

その写真も笑っていた。

「おい、豊田さん、頼むよ、俺、このあと知らないんだから」

歌詞は諳《そら》んじているのだけれど、豊田は声が出ないらしい。

「おい、頑張ってくれよ」

私は、辛うじて、次の歌詞を思いだした。

〽思いもよらず我一人

不思議に命ながらえて

「豊田さん、それから何だっけ。……おおい、神山、助けてくれよ」

神山繁も中学の後輩である。

「ああ、そうか、わかった」

〽赤い夕日の満洲に
友の塚穴掘ろうとは

その夜の軍歌『戦友』は、だから、そこまでで終った。

（「男性自身」シリーズ『木槿の花』新潮社）


国立へ帰るタクシーの中で、山口さんに「担当作家で、名前にクニのついているひとはいないでしょうね。野呂邦暢の次は、向田邦子……」と言われてギクリとしたものです。

このとき、お名前を出しては失礼だと思いながら、

「辻邦生さんは私の担当ではありません」

と、答えたことを覚えております。

野呂邦暢原作、向田邦子プロデュースのテレビドラマ「わが愛の城」はその年の十月に放映されましたが、向田さんがこよなく愛した野呂さんの『諫早菖蒲日記』テレビ化の話はいまだにないままです。

あとがき

私が「文學界」編集長のとき、永井龍男氏に「回想の芥川・直木賞」と題する連載をお願いしたことがある。毎月、鎌倉の永井邸に参上し、原稿をいただき、そのつどお酒を頂戴しながら文壇の秘話や、両賞にまつわる興味深い挿話をうかがった。編集者として至福の時間だった。

そんな昔話を聞いてのことか、「文春新書」編集部の浅見雅男さんから、〝芥川賞・直木賞読本〟のようなものを書いてみないかと誘われた。

ふりかえってみれば、在社四十年のうち、週刊誌（「週刊文春」）時代（ほぼ十年）をのぞいた、ほとんどの期間、芥川・直木賞に関係していた。社内の下読み委員をはじめとして、両賞に縁の深い「文學界」、「オール讀物」の編集部にながく在籍したこともあり、両誌の編集長を歴任し、選考会の司会をつとめたこともあれば、両賞事務局の責任者に任ぜられたこともある……。

私でも書けるのではないか、と安請合いして引きうけたものの、どこから手をつけていいものやら、何を柱にして書いていいものやら筆をとることができない。そうこうしているうちに時間がアッという間に経ち、なんとかしなければと、窮余の一策、〝体験的、回想録ふう賞物語〟、それも対象をしぼり、時間を限定して書けばよいのではないかと心を決めた。

しかし、私の手もとには日記もなければメモも残ってはいない。いまさらながら、怠惰な己に愛想がつき、深いタメ息をもらしたときに思い出されたのが、野呂邦暢さんからいただいた手紙の束――。いつかは整理しなければと、封書やら葉書やらが詰めこまれていた段ボールを取り出すと、一括してあった百二十通あまりの書状が往時を偲ばせてくれる……。野呂さん、ありがとう。

〝日付のある文章〟は、野呂さんの書簡ばかりではない。山口瞳さんの「男性自身」(「週刊新潮」)日記シリーズからも、かなりの量の文章を引かせていただいた。「文學界」〝同門〟の宮原昭夫氏、丸山健二氏の〝野呂邦暢論〟も抄録させていただいた。あらためて謝意を述べたい。

原稿・ゲラの段階で適切な助言を与えてくれた編集部の大口敦子さん、なにかとお世話になりました。

泉下の、野呂邦暢さん、向田邦子さん、山口瞳さん、こんな本を書いてしまいました。どうかお許しください。「……思いもよらず我一人」――。山口さんの愛唱した「戦友」の一節が思い出されてなりません。

昭和10年（1935）

芥川賞

第1回

石川達三「蒼氓」

●初出　『星座』昭和10・4
●決定　昭和10年8月10日
●他の候補作　「草筏」外村繁・「故旧忘れ得べき」高見順・「けしかけられた男」衣巻省三・「逆行」太宰治
●選考委員　菊池寛・小島政二郎・佐藤春夫・川端康成・久米正雄・室生犀星・谷崎潤一郎・横光利一・山本有三・瀧井孝作・佐佐木茂索の11委員（欠席は谷崎、山本、川端の3委員）
●賞　正賞＝時計　副賞＝500円

第2回

該当作品なし

●決定　昭和11年3月12日
●候補作　「面影」「花の宴」伊藤佐喜雄・「夕張胡亭塾景観」檀一雄・「瀬戸内海の子供ら」（戯曲）小山祐士・「生きものの記録」丸岡明・「餘熱」他、川崎長太郎・「中央高地」宮内寒彌

直木賞

第1回

川口松太郎「鶴八鶴次郎」＊1「風流深川唄」＊2等

●初出　＊1『オール讀物』昭和9・10
＊2『同』昭和10・1〜4
●決定　昭和10年8月10日
●他の候補作　海音寺潮五郎・濱本浩・木村哲二・湊邦三・岡戸武平、の諸作品
●選考委員　菊池寛・小島政二郎・吉川英治・大佛次郎・久米正雄・白井喬二・三上於菟吉・佐佐木茂索の8委員（欠席は大佛委員）
●賞　正賞＝時計　副賞＝500円

第2回

鷲尾雨工「吉野朝太平記」

●初出　春秋社刊（全六巻）昭和10・7〜15・8
●決定　昭和11年3月12日
●他の候補作　「遊覧列車」獅子文六・濱本浩・海音寺潮五郎・湊邦三、の諸作品
●選考委員　前回と同じ（欠席は三上委員）

昭和11年（1936）

●選考委員　前回と同じ（欠席は谷崎、山本、横光の3委員）

●賞　前回と同じ

第3回

鶴田知也「コシャマイン記」

●初出　『小説』昭和11・2

小田嶽夫「城外」

●初出　『文學生活』昭和11・6

●決定　昭和11年8月10日。於　レインボー・グリル

●他の候補作　「部落史」打木村治・「遣唐船」高木卓・「いのちの初夜」北條民雄・「神楽坂」矢田津世子・「虹と鎖」緒方隆士・「白日の書」横田文子

●選考委員　前回と同じ（欠席は谷崎、山本、横光、電文回答の久米、書面回答の室生の5委員）

●賞　前回と同じ

海音寺潮五郎「天正女合戦」「武道傳來記」

●初出　『オール讀物』昭和11・4〜6

●決定　昭和11年8月10日。於　レインボー・グリル

●他の候補作　濱本浩・中野実・木々高太郎・竹田敏彦・獅子文六、の諸作品

●選考委員　前回と同じ（欠席は三上、電文回答の久米、白井の3委員）

●賞　前回と同じ

第4回

石川　淳「普賢」

●初出　『作品』昭和11・6〜9

木々高太郎「人生の阿呆」

●初出　『新青年』昭和11・1〜5

●決定　昭和12年2月12日

第4回

冨澤有爲男「地中海」

●初出 『東陽』昭和11・8
●決定 昭和12年2月9日。於 銀座 米田屋
●他の候補作 「梟」伊藤永之介・「滅亡の門」「歳月」川上喜久子。ほか十四篇
●選考委員 前回と同じ(欠席は谷崎、山本の2委員)
●賞 前回と同じ

●他の候補作 「妖棋伝」角田喜久雄・「黎明に戦ふ」今野賢三・獅子文六・小栗虫太郎・橘外男・濱本浩、の諸作品
●選考委員 前回と同じ(欠席は三上、白井の2委員)
●賞 前回と同じ

昭和12年(1937)

第5回

尾崎一雄「暢氣眼鏡」その他

●初出 (『人物評論』昭和8・12)砂子屋書房刊 昭和12・4
●決定 昭和12年7月20日。於 芝 千里亭
●他の候補作 「もぐらどんもほつくり」中村地平・「悪童」逸見広・川上喜久子の作品。ほか
●選考委員 前回と同じ(欠席委員不明)
●賞 前回と同じ

該当作品なし

●決定 昭和12年7月20日
●候補作 「浅草の灯」「人間曲馬団」濱本浩・新喜劇同人(阿木翁助・伊馬春部等)
●選考委員 前回と同じ(欠席委員不明)

火野葦平「糞尿譚」

●初出 『文學會議』昭和12・第4冊

井伏鱒二「ジョン萬次郎漂流記」その他

●初出 河出書房刊 昭和12・11

<table>
<tr><th></th><th>昭和13年（1938）</th></tr>
<tr><th>第6回</th><th>第7回</th></tr>
<tr><td>●決定　昭和13年2月7日
●他の候補作　「白衣作業」中本たか子・「探鑛日記」その他、大鹿卓・「あらがね」間宮茂輔・「沃土」和田傳・「春の絵巻」中谷孝雄・「梟」伊藤永之介
●選考委員　第1回より、宇野浩二、新委員に就任し12委員となる（欠席は谷崎、山本、室生、瀧井の4委員）
●賞　前回と同じ</td><td>中山義秀「厚物咲」
●初出　『文學界』昭和13・4
●決定　昭和13年8月2日。於　数寄屋橋ニューグランド
●他の候補作　「鳥羽家の子供」田畑修一郎・「鴉」「鶯」伊藤永之介・「龍源寺」澁川驍・「南方郵信」中村地平・「田植酒」丸山義二・「隣家の人々」一瀬直行・「般若」秋山正香
●選考委員　前回と同じ（欠席委員不明）
（日本文學振興會を設立、この回以降財団法人名で授賞）
●賞　前回と同じ</td></tr>
<tr><td>●決定　昭和13年2月7日
●他の候補作　濱本浩の作品
●選考委員　前回と同じ（欠席は三上委員）
●賞　前回と同じ</td><td>橘　外男「ナリン殿下への回想」
●初出　『文藝春秋』昭和13・2
●決定　昭和13年8月2日。於　数寄屋橋ニューグランド
●他の候補作　「火山灰地」久保栄・「僕の参戦手帖から」松村益二
●選考委員　前回と同じ（欠席委員不明）
（日本文學振興會を設立、この回以降財団法人名で授賞）
●賞　前回と同じ</td></tr>
</table>

昭和14年（1939）

第8回

中里恒子「乗合馬車」その他

●初出 『文學界』昭和13・9
●決定 昭和14年2月12日。於 浪華家
●他の候補作 「妻」北原武夫・「お帳場日誌」吉川江子・「草筏」外村繁（池谷信三郎賞受賞のため最終候補除外）
●選考委員 前回と同じ（欠席委員不明）
●賞 前回と同じ

第9回

長谷 健「あさくさの子供」

●初出 『虚實』昭和14・4

半田義之「鶏騒動」

●初出 『文藝首都』昭和14・6
●決定 昭和14年7月31日。於 芝 嵯峨野
●他の候補作 「稲熱病」岩倉政治・「姫鱒」長見義三・「抑制の日」木山捷平・「落城日記」左近義親
●選考委員 前回と同じ（欠席は谷崎、山本、第二次委員会欠席の宇野、書面回答の室生、川端の5委員）

第8回

大池唯雄「兜首」＊1「秋田口の兄弟」＊2

●初出 ＊1『新青年』昭和13・7
＊2『同』昭和13・7増
●決定 昭和14年2月12日。於 浪華家
●他の候補作 「兜町」沙羅双樹
●選考委員 前回と同じ（欠席委員不明）
●賞 前回と同じ

第9回

該当作品なし

●決定 昭和14年7月30日
●候補作 「きつね馬」宇井無愁・「ローマ日本晴」摂津茂和・「蝦夷日誌」村上元三・「首途」土岐愛作・「極楽剣法」鳴山草平・「銃後の青春」鹿島孝二・「維新の蔭」笹本寅・「社長邸勤務」本庄桂輔
●選考委員 前回と同じ（欠席は三上、白井、書面回答の吉川、大佛の4委員）

昭和15年（1940）

●賞　前回と同じ

第10回

寒川光太郎「密獵者」

●初出　『創作』昭和14・創刊号
●決定　昭和15年2月5日。於 芝 浪花家
●他の候補作　「光の中に」金史良・「肉体の秋」矢野朗・「日本橋」鈴木清次郎・「老骨の座」藤口透吉・「俗臭」織田作之助・「潮霧」佐藤虎男
●選考委員　前回と同じ（欠席は谷崎、山本の2委員）
●賞　前回と同じ

該当作品なし

●決定　昭和15年2月14日。於 築地 八百善
●候補作　「小指」堤千代・「お狸さん」宇井無愁・「妻と戦争」大庭さち子・「火の十字架」松坂忠則・「富島松五郎伝」岩下俊作
●選考委員　芥川賞選考委員が加わり菊池寛・久米正雄・山本有三・谷崎潤一郎・佐藤春夫・宇野浩二・室生犀星・小島政二郎・佐佐木茂索・吉川英治・大佛次郎・白井喬二・三上於菟吉・横光利一・川端康成・瀧井孝作の16委員となる（欠席委員不明）

第11回

該当作品なし

（高木卓「歌と門の盾」を授賞作品と決定したが、本人辞退）
●決定　昭和15年7月31日
●他の候補作　「河骨」木山捷平・「墾地」（「百姓記」の内）吉田十四雄・「分教場の冬」元木国雄・「病院」中井信・「上海」池田みち子・「埴輪と鏡」北條誠・

堤　千代「小指」その他

●初出　『オール讀物』昭和14・12

河内仙介「軍事郵便」

●初出　『大衆文藝』昭和15・3
●決定　昭和15年7月27日。於 星ヶ岡茶寮
●他の候補作　「算盤」村上元三・「葡萄蔓の束」そ

第11回

「骨肉慚愧」藤口透吉・「薤露の章」並木宋之介（櫻田常久）・「晩夏」神泉苑代・「青空仰いで」日野晶夫・「東京の黒い海」橋本正一
●選考委員　前回と同じ（欠席は谷崎、山本、宇野の3委員）

の他、久生十蘭
●選考委員　前回と同じ（欠席は三上、白井の2委員）
●賞　前回と同じ

第12回

櫻田常久「平賀源内」

●初出　『作家精神』昭和15・10（筆名並木宋之介で発表）
●決定　昭和16年1月28日。於 芝 浪花家
●他の候補作　「祝といふ男」牛島春子・「父」柳井統子・「ある市井人の一生」井上孝・「鶏」村田孝太郎・「崖」白川渥・「動物園」儀府成一・「店員」埴原一亟・「氷柱」森荘已池
●選考委員　前回と同じ（欠席は谷崎、山本の2委員）
●賞　前回と同じ

村上元三「上総風土記」その他

●初出　『大衆文藝』昭和15・10
●決定　昭和16年1月28日。於 芝 浪花家
●他の候補作　「辰次と由松」岩下俊作・「人情サキソホン」玉川一郎・「ノート・ブック」神崎武雄・「法善寺横町」長谷川幸延・「廟行鎮再び」伊地知進・「紀文抄」古沢元
●選考委員　前回と同じ（欠席委員不明）
●賞　前回と同じ

多田裕計「長江デルタ」

●初出　『大陸往来』昭和16・3
●決定　昭和16年7月29日。於 星ヶ岡茶寮

木村荘十「雲南守備兵」

●初出　『新青年』昭和16・4
●決定　昭和16年7月31日

昭和16年（1941）		
第13回	第14回	
●他の候補作　「断崖の村」石原文雄・「手巾の歌」三木澄子・「猫柳」阿部光子・「あめつち」藤島まき・「抒情歌」譲原昌子・「山彦」相野田敏之・「下職人」埴原一亟・「第八轉轍器」日向伸吉 ●選考委員　前回と同じ（欠席は谷崎、山本、菊池、川端、電文回答の久米の5委員） ●賞　前回と同じ	**芝木好子「青果の市」** ●初出　『文藝首都』昭和16・10 ●決定　昭和17年2月2日 ●他の候補作　「火渦」水原吉郎・「狗宝」野川隆 ●選考委員　前回と同じ（欠席は谷崎、山本の2委員） ●賞　前回と同じ	**該当作品なし** ●決定　昭和17年8月1日 ●候補作　「松風」石塚友二・「光と風と夢」中島
●他の候補作　「士族移民隊」大林清・「諦めとは言へど」岩下俊作・「聖保羅福音使学院」関川周・「冠婚葬祭」長谷川幸延 ●選考委員　第10回より、片岡鐵兵、新委員に就任。（欠席は芥川賞兼任の5委員と大佛、吉川、三上の8委員） ●賞　前回と同じ	**該当作品なし** ●決定　昭和17年2月4日 ●候補作　「模型飛行機」『幼年畫報』長谷川幸延・「花開くグライダー」大庭さち子 ●選考委員　芥川賞との兼任を解消した模様で、菊池寛・小島政二郎・吉川英治・大佛次郎・久米正雄・白井喬二・三上於菟吉・佐佐木茂索・片岡鐵兵の9委員となる。（欠席は菊池、久米、大佛、三上の4委員）	**該当作品なし** ●決定　昭和17年7月27日 ●候補作　「信義」神崎武雄・「帆装」山田克郎・「室

昭和17年（1942）

第15回

敦・「コンドラチエンコ将軍」波良健・「つながり」藤島まき・「冬の神」森田素夫・「訪問看護」中野武彦

●選考委員　前回と同じ（欠席は菊池、佐藤、谷崎、山本の4委員）

戸港遺風」「秦山とお婉」田岡典夫・「余香抄」山手樹一郎・「三笠の月」久生十蘭・「東支那海」大林清・「密林の医師」渡辺啓助・「男の像」棟田博・「怒濤の唄」関川周

●選考委員　前回と同じ（欠席は吉川、三上、白井、片岡の4委員）

第16回

倉光俊夫「連絡員」

●初出　『正統』昭和17・11

●決定　昭和18年2月2日。於 銀座 藍水

●他の候補作　「愛情」金原健児・「炎と倶に」稲葉真吾・「柿の木と毛虫」橋本英吉・「翌檜」埴原一亟

●選考委員　前回と同じ（欠席は谷崎、山本の2委員）

●賞　前回と同じ

神崎武雄「寛容」その他

●初出　『オール讀物』昭和17・11

田岡典夫「強情いちご」その他

●初出　『講談倶楽部』昭和17・9

●決定　昭和18年2月2日。於 藍水

●他の候補作　「オルドスの鷹」渡辺啓助・「遺米日記」久生十蘭

●選考委員　前回と同じ（欠席は三上、書面回答の吉川、電話回答の白井、片岡の4委員）

●賞　前回と同じ

石塚喜久三「纏足の頃」

●初出　『蒙疆文學』昭和18・1

●決定　昭和18年8月2日。於 銀座 藍水

該当作品なし

（山本周五郎「日本婦道記」を授賞作品と決定したが、本人辞退）

昭和18年（1943）

第17回

●他の候補作　「桑園地帯」小泉譲・「吉野の花」壇一雄・「翁」劉寒吉・「故郷の岸」譲原昌子・「椎の実」相原とく子・「雁わたる」辻勝三郎
●選考委員　委員改選。佐藤春夫・瀧井孝作・横光利一・川端康成・岸田國士・片岡鐵兵・河上徹太郎の7委員（欠席は書面回答の片岡、電文の岸田の2委員）
●賞　500円＋壺＋時計（戦後）

●決定　昭和18年8月2日。於 監水
●他の候補作　「華僑伝」大林清・「西域記」岩下俊作・「真福寺事件」久生十蘭・「西北撮影隊」渡辺啓助・「幻の翼」立川賢・「雪よりも白く」辻勝三郎
●選考委員　委員改選。吉川英治・大佛次郎・岩田豊雄・濱本浩・中野實・井伏鱒二の6委員となる（欠席は書面回答の吉川、岩田、電話の大佛の3委員）

第18回

東野邊　薫「和紙」

●初出　『東北文學』昭和18・9
●決定　昭和19年2月5日
●他の候補作　「淡墨」若杉慧・「伝染病院」柳町健郎・「棉花記」黒木清次
●選考委員　第17回より、火野葦平、新委員に就任し8委員となる（欠席は南方派遣の佐藤、書面回答の岸田の2委員）
●賞　500円＋壺（河井寛次郎作）

森　荘已池「山畠」＊1「蛾と笹舟」＊2

●初出　＊1『文藝讀物』昭和18・12
＊2『同』昭和18・7
●決定　昭和19年2月7日
●他の候補作　「十時大尉」劉寒吉・「家系」原田種夫・「鳳輦京へ還る」龍胆寺雄
●選考委員　第17回の中の岩田豊雄、以後は獅子文六の筆名で参加（欠席は南方派遣の大佛、書面回答の吉川、獅子の3委員）
●賞　500円＋壺（河井寛次郎作）

昭和19年（1944）

第19回

八木義徳「劉廣福」

●初出　『日本文學者』昭和19・創刊号

小尾十三「登攀」

●初出　『國民文學』昭和19・2
●決定　昭和19年8月15日
●他の候補作　「昔の人」林柾木・「名医録」妻木新平・「父道」猪股勝人・「青色青光」若杉慧・「梅白し」濱野健三郎・「雨絃記」清水基吉
●選考委員　前回に同じ（従軍中の火野は棄権）
●賞　500円＋記念品（河井寛次郎作品）

岡田誠三「ニューギニヤ山岳戰」

●初出　『新青年』昭和19・3
●決定　昭和19年8月9日
●他の候補作　「小堀遠州」瀧川駿・「檻送記」山手樹一郎
●選考委員　前回と同じ（欠席は書面回答の吉川、井伏の2委員）
●賞　500円＋記念品（河井寛次郎作品）

第20回

清水基吉「雁立」

●初出　『日本文學者』昭和19・10
●決定　昭和20年2月8日
●他の候補作　「技術史」国枝治・「盆栽記」川村公人・「おらがいのち」木暮亮・「春」金原健児
●選考委員　前回と同じ（欠席は片岡、書面回答の岸田の2委員）
●賞　500円＋記念品（河井寛次郎作品）

該当作品なし

●決定　昭和20年2月6日
●候補作　「寒菊抄」中井正文・「新田誌」我孫子毅・「とりつばさ」佐藤善一
●選考委員　前回と同じ（欠席は書面回答の吉川、大佛、井伏、獅子の4委員）

昭和24年（1949）戦争による4年半の中断のあと復活

第21回（『文藝春秋』昭20・11に「第21回授賞者なし」の記録あり）

由起しげ子「本の話」

●初出　『作品』昭和24・3号

小谷　剛「確證」

●初出　『作家』昭和24・2

●決定　昭和24年6月25日。於 錦水

●他の候補作　「雪明り」光永鉄夫・「サフォ追慕」真鍋呉夫・「煩悩の果て」「妄執」、峰雪栄・「北農地」鈴木楊一・「イペリット眼」藤枝静男

●選考委員　委員改選。佐藤春夫・宇野浩二・岸田國士・瀧井孝作・川端康成・舟橋聖一・丹羽文雄・坂口安吾・石川達三の9委員（全委員出席）

●賞　正賞＝時計　副賞＝5万円

富田常雄「面」＊1「刺青」＊2

●初出　＊1『小説新潮』昭和23・5
＊2『オール讀物』昭和22・12

●決定　昭和24年7月2日

●他の候補作　「幽霊大歓迎」徳川夢聲・「秋津温泉」藤原審爾・「桑門の街」中村八朗・「山中放浪」今日出海・「怖るべき子供たち」菊岡久利・「海は紅」山田克郎

●選考委員　委員改選。久米正雄・大佛次郎・獅子文六・小島政二郎・井伏鱒二・木々高太郎・川口松太郎の7委員（全委員出席）

●賞　正賞＝時計　副賞＝5万円

第22回

井上　靖「闘牛」

●初出　『文學界』昭和24・12

●決定　昭和25年1月31日。於 築地 新喜楽

●他の候補作　「還らざる旅路」那須国男・「あ号作戦前後」阿川弘之・「天命」真鍋呉夫・「夏草」前田純敬・「宿定め」島尾敏雄・「ロッダム号の船長」竹之内静雄・「日本の牙」池山広・「哀楽の果

山田克郎「海の廢園」

●初出　『文藝讀物』昭和24・12

●決定　昭和25年4月20日。於 銀座 岡田

●他の候補作　「山中放浪」今日出海・「甲子園の想出」河内信・「俘虜」若尾徳平・「おもかげ」小糸のぶ・「地獄の谷底」西川満・「死の盛粧」小泉譲・「冬の旅」大屋典一

昭和25年（1950）

第22回

て」村井暁・「挽歌」澤野久雄・「猟銃」井上靖

●選考委員　前回と同じ（欠席は岸田、丹羽の2委員）

●賞　前回と同じ

●選考委員　前回と同じ（欠席は川口、久米、大佛、獅子の4委員）

●賞　前回と同じ

第23回

辻　亮一「異邦人」

●初出　『新小説』昭和25・2

●決定　昭和25年8月31日

●他の候補作　「祖国喪失」堀田善衛・「棗の木の下」洲之内徹・「ドミノのお告げ」久坂葉子・「絵本」田宮虎彦・「北江」「断橋」森田幸之・「木枯国にて」辻亮一

●選考委員　前回と同じ（欠席は佐藤、岸田の2委員）

●賞　前回と同じ

今　日出海「天皇の帽子」

●初出　『オール讀物』昭和25・4

小山いと子「執行猶豫」

●初出　『中央公論』昭和25・2

●決定　昭和25年9月4日。於　新喜楽

●他の候補作　「熊山の女妖」檀一雄・「随行さん」源氏鶏太・「雪化粧」小磯なつ子・「君が火の鳥」「南支那海」小泉譲・「黒い花」梅崎春生・「微笑」「北風」吉井栄治・「悲しき神々」日吉早苗・「川田二等少尉」玉川一郎

●選考委員　前回と同じ（欠席は獅子、渡米中の川口の2委員）

●賞　前回と同じ

###

該当作品なし

●決定　昭和26年2月13日

檀　一雄「長恨歌」＊1「石川五右衛門」＊2

昭和26年（1951）

第24回

●候補作　「最後の人」伊賀山昌三・「手の抄」「夜の貌」石川利光・「遠き岬」野村尚吾・「飛魚」近藤啓太郎・「源七履歴」島村進・「女音」斎木寿夫・「砂」洲之内徹・「八年間」中村地平・「極光のかげに」高杉一郎
●選考委員　前回と同じ（欠席は川端、石川の2委員）

●初出　＊1『オール讀物』昭和25・10
　＊2『夕刊新大阪』昭和25・10〜26・12
●決定　昭和26年2月9日
●他の候補作　「金剛童子」梶野悳三・「白い蝙蝠」中村八朗・「犬を飼つてゐる夫妻」その他、藤原審爾・「木石に非ず」源氏鶏太
●選考委員　前回と同じ（欠席は獅子、川口の2委員）
●賞　前回と同じ

第25回

石川利光「春の草」その他

●初出　『文學界』昭和26・6

安部公房「壁—S・カルマ氏の犯罪」

●初出　『近代文學』昭和26・2
●決定　昭和26年7月30日
●他の候補作　「ガラスの靴」安岡章太郎・「螢草」結城信一・「デスマスク」柴田錬三郎・「敗走」富士正晴・「風潮」武田繁太郎・「沙漠都市」斎木寿夫・「歯車」堀田善衛
●選考委員　前回と同じ（欠席は岸田、坂口、渡欧中の石川の3委員）
●賞　前回と同じ

源氏鶏太「英語屋さん」その他

●初出　『週刊朝日』昭和26・夏季増刊
●決定　昭和26年7月20日
●他の候補作　「デスマスク」柴田錬三郎・「西郷札」松本清張・「秋寒」峰雪栄・「公爵近衛文麿」立野信之
●選考委員　前回と同じ（欠席は獅子、久米の2委員）
●賞　前回と同じ

第26回

堀田善衛「広場の孤独」＊1「漢奸」＊2 その他

●初出　＊1『人間』昭和26・8『中央公論・文藝特集』昭和26・9
　＊2『文學界』昭和26・9

●決定　昭和27年1月21日

●他の候補作　「安い頭」小山清・「管絃祭」阿川弘之・「川音」畔柳二美・「転身」結城信一・「原色の街」吉行淳之介・「方舟追放」澤野久雄・「佳人」藤井重夫・「追放人」庄司総一・「盛粧」近藤啓太郎・「暗い谷間」武田繁太郎

●選考委員　前回と同じ（欠席は丹羽、坂口の2委員）

●賞　前回と同じ

久生十蘭「鈴木主水」

●初出　『オール讀物』昭和26・11

柴田錬三郎「イエスの裔」

●初出　『三田文學』昭和26・12

●決定　昭和27年1月30日

●他の候補作　「藤十郎狸武勇伝」他、藤原審爾・「零子」梅崎春生・「桂春団治」長谷川幸延・「困った門」摂津茂和・「馬喰一代」中山正男・「白雪姫」他、久生十蘭

●選考委員　前回と同じ（欠席は久米、獅子の2委員）

●賞　前回と同じ

第27回

該当作品なし

●決定　昭和27年7月25日。於　なだ万

●候補作　「斧と馬丁」三浦朱門・「昆虫系」小田仁二郎・「谷間」吉行淳之介・「小さな町」小山清・「宿題」安岡章太郎・「朝来川」武田繁太郎・「淵」

藤原審爾「罪な女」その他

●初出　『オール讀物』昭和27・5

●決定　昭和27年7月22日

●他の候補作　「防波堤」梶野悳三・「霊を持つ手」「貝殻追放」中村八朗・「露草」和田芳恵・「天国は

昭和27年(1952)

直井潔・「この世のある限り」庄野誠一・「奔流」北川晃二・「米系日人」西野辰吉・「雲と植物の世界」伊藤桂一
●選考委員　前回と同じ(欠席は岸田、石川の2委員)

盃の中に」三橋一夫・「洞窟」渡辺祐一
●選考委員　第21回の委員より、久米正雄死去、獅子文六委員辞任。吉川英治・水井龍男、新委員に就任し7委員となる。また、佐佐木茂索は採決のみに参加(全委員出席)
●賞　前回と同じ

第28回

五味康祐「喪神」

●初出　『新潮』昭和27・12

松本清張「或る『小倉日記』傳」

●初出　『三田文學』昭和27・9
●決定　昭和28年1月22日。於　新喜楽
●他の候補作　「黒南風」近藤啓太郎・「ガラ・ブルセンツオワ」「鶴」長谷川四郎・「夜の河」「北里夫人の椅子」澤野久雄・「小銃」小島信夫・「愛玩」安岡章太郎・「ある脱出」吉行淳之介・「生野銀山」武田繁太郎・「背教徒」塙英夫
●選考委員　前回と同じ(欠席は岸田委員)
●賞　前回と同じ

立野信之「叛亂」

●初出　『小説公園』昭和27・1〜12
●決定　昭和28年1月19日
●他の候補作　「獄門帳」沙羅双樹・「老残」長谷川幸延・「紋章家族」中村八朗・「白扇」北條誠・「或る『小倉日記』傳」松本清張(芥川賞選考委員会にまわされる)
●選考委員　前回と同じ(欠席は川口、小島の2委員)
●賞　前回と同じ

昭和28年（1953）

第29回

安岡章太郎「悪い仲間」＊1
「陰気な愉しみ」＊2

●初出　＊1『群像』昭和28・6
　　　＊2『新潮』昭和28・4
●決定　昭和28年7月20日。於 新喜楽
●他の候補作　「からかさ神」小田仁二郎・「猿」杉森久英・「黄土の牡丹」伊藤桂一・「恋文」「喪服」庄野潤三・「塵の中」和田芳恵・「落落の章」結城信一・「好きな絵」豊田三郎・「らぷそでぃ・いん・ぶるう」石浜恒夫
●選考委員　前回と同じ（全委員出席）
●賞　前回と同じ

第30回

該当作品なし

●決定　昭和29年1月22日
●候補作　「流木」庄野潤三・「吃音学院」小島信夫・「オンリー達」広池秋子・「スピノザの石」竹田敏行・「をぢさんの話」小山清・「すべて世はこともなし」塙英夫・「玄海灘」金達寿・「はがゆい男」森田雄蔵・「粧はれた心」木野工・「喪家の狗」富島健夫

（直木賞）第29回

該当作品なし

●決定　昭和28年7月24日
●候補作　「子守りの殿」「不運功名譚」南條範夫・「顔世御前」「遊蕩の果て」長谷川幸延・「拐帯者」梅崎春生・「腸詰奇談」「リッタイ時代」飯沢匡・「玉手箱」中村八朗
●選考委員　前回と同じ（欠席は外遊中の川口、書面回答の吉川、大佛の3委員）

（直木賞）第30回

該当作品なし

●決定　昭和29年1月22日
●候補作　「脳下垂体」木山捷平・「都会の樹蔭」田宮虎彦・「亡命記」白藤茂・「地の塩」井手雅人・「老猿」和田芳恵・「汚された思春期」池田みち子・「南蛮絵師」原田種夫
●選考委員　前回と同じ（欠席は書面回答の大佛委員）

●選考委員　前回と同じ（全委員出席）

昭和29年（1954）

第31回

吉行淳之介「驟雨」その他

●初出　『文學界』昭和29・2
●決定　昭和29年7月21日。於 新喜楽
●他の候補作　「遠来の客たち」曾野綾子・「耳の中の風の声」野口冨士男・「近所合壁」江口榛一・「黒い牧師」「桃李」「団欒」庄野潤三・「村のエトランジェ」小沼丹・「競輪」富士正晴・「半人間」大田洋子・「星」「殉教」小島信夫
●選考委員　第21回の委員より、岸田國士、死去により8委員となる（欠席は坂口委員）
●賞　前回と同じ

有馬頼義「終身未決囚」

●初出　（『文學生活』昭和27・8）作品社刊　昭和29・5
●決定　昭和29年7月21日。於 なだ万
●他の候補作　「芽吹く頃」中村八朗・「野猿の言葉」白川渥・「裏道」「蝶々トンボ」長谷川幸延・「水妖記」南條範夫・「帰らぬ人々」沙羅双樹・「零下の群れ」広池秋子
●選考委員　前回と同じ（欠席は書面回答の吉川、井伏の2委員）
●賞　前回と同じ

第32回

小島信夫「アメリカン・スクール」

●初出　『文學界』昭和29・9

庄野潤三「プールサイド小景」

●初出　『群像』昭和29・12
●決定　昭和30年1月22日。於 加寿於
●他の候補作　「白孔雀のゐるホテル」小沼丹・

梅崎春生「ボロ家の春秋」

●初出　『新潮』昭和29・8

戸川幸夫「高安犬物語」

●初出　『大衆文藝』昭和29・12
●決定　昭和30年1月22日。於 加寿於
●他の候補作　「濁水溪」邱永漢・「青春手帳」飯沢

昭和30年（1955）

第32回

「碧眼女」赤木けい子・「受胎告知」戸川雄次郎（菊村到）・「曼陀羅」鎌原正巳・「南緯八十度」瓜生卓造・「硝子の悪戯」「燕買ひ」「バビロンの処女市」曾野綾子・「初心」川上宗薫・「神」小島信夫

●選考委員　第31回の委員より、坂口安吾、辞任。井上靖、新委員に就任し、8委員となる（宇野浩二、佐藤春夫、瀧井孝作、石川達三、川端康成、丹羽文雄、舟橋聖一、井上靖）（全委員出席）

●賞　正賞＝時計　副賞＝10万円

第33回

遠藤周作「白い人」

●初出　『近代文學』昭和30・5〜6

●決定　昭和30年7月20日。於　新喜楽

●他の候補作　「黄ばんだ風景」「ねんぶつ異聞」小沼丹・「或る眼醒め」川上宗薫・「未知の人」澤野久雄・「阿久正の話」長谷川四郎・「銀杏物語」岡田徳次郎・「息子と恋人」坂上弘・「馬のにほひ」加藤勝代

●選考委員　前回と同じ（全委員出席）

●賞　前回と同じ

石原慎太郎「太陽の季節」

第32回

匡・「竹槍騒動異聞」原田種夫・「妻の温泉」石川桂郎・「マラッカの火」中村八朗

●選考委員　第27回の委員より、村上元三、新委員に就任し8委員（大佛次郎、川口松太郎、吉川英治、小島政二郎、井伏鱒二、木々高太郎、永井龍男、村上元三）となる（欠席は大佛、川口の2委員）

●賞　正賞＝時計　副賞＝10万円

第33回

該当作品なし

●決定　昭和30年7月20日。於　新喜楽

●候補作　「風雪」劉寒吉・「箱」谷崎照久・「累代」鬼頭恭而・「北極海流」瓜生卓造・「衆目」鬼生田貞雄・「鉄の肺」武田芳一・「最後の戦闘機」三ノ瀬渓男（伊藤桂一）

●選考委員　前回と同じ（欠席は書面回答の吉川、川口の2委員）

新田次郎「強力傳」

●初出 『文學界』昭和30・7
●決定 昭和31年1月23日。於 新喜楽
●他の候補作 「暗い驟雨」中野繁雄・「残夢」佐村芳之・「人間勘定」小島直記・「痩我慢の説」藤枝静男・「春雷」原誠
●選考委員 第32回の委員より、中村光夫、新委員に就任し9委員となる（全委員出席）
●賞 前回と同じ

●初出 （『サンデー毎日』昭和28・11中秋特別号）朋文堂刊 昭和30・9

邱 永 漢「香港」

●初出 『大衆文藝』昭和30・8〜11
●決定 昭和31年1月23日。於 新喜楽
●他の候補作 「銀簪」今官一・「サイパンから来た列車」棟田博・「戦争記」片山昌造・「未決囚」八匠衆一・「老眼鏡と土性骨」野村敏雄
●選考委員 前回と同じ（欠席は書面回答の吉川、井伏の2委員）
●賞 前回と同じ

昭和31年（1956）

第35回

近藤啓太郎「海人舟」

●初出 『文學界』昭和31・2
●決定 昭和31年7月20日。於 新喜楽
●他の候補作 「地唄」有吉佐和子・「鉄路に近く」島尾敏雄・「北の湖」葛城紀彦・「夏の嵐」深井迪子・「フォード 一九二七年」小林勝・「瞋恚の果て」津田信
●選考委員 前回と同じ（全委員出席）
●賞 前回と同じ

今 官一「壁の花」

●初出 芸術社刊 昭和31・3

南條範夫「燈臺鬼」

●初出 『オール讀物』昭和31・5
●決定 昭和31年7月20日。於 新喜楽
●他の候補作 「廓」西口克巳・「落首」小橋博・「長官〈第一部〉」赤江行夫・「七色の地図」島田一男・「海軍記念日」棟田博・「法の外へ」青山光二

●選考委員　前回と同じ（欠席は大佛委員）
●賞　前回と同じ

第36回

該当作品なし

●決定　昭和32年1月21日。於 新喜楽
●候補作　「軍用露語教程」小林勝・「ガラスの壁」大瀬東二・「犬の血」藤枝静男・「煙虫」木野工・「人工の星」北杜夫・「黒い爪」岡葉子・「彩色」堀内伸
●選考委員　前回と同じ（欠席は佐藤委員）

今　東光「お吟さま」

●初出　『淡交』昭和31・1～12

穂積　驚「勝鳥」

●初出　『大衆文藝』昭和31・9～12
●決定　昭和32年1月21日。於 新喜楽
●他の候補作　「異郷の女」村松喬・「長官」赤江行夫・「耳学問」木山捷平・「山峡町議選誌」熊王徳平・「恩田木工」池波正太郎・「二人の男」小沼丹・「沖縄の民」石野径一郎
●選考委員　前回と同じ（欠席は井伏、永井の2委員）
●賞　前回と同じ

第37回

菊村　到「硫黄島」

●初出　『文學界』昭和32・6
●決定　昭和32年7月22日。於 新喜楽
●他の候補作　「狂詩」北杜夫・「雪子」小池多米司・「残菊抄」島村利正・「魔法瓶」相見とし子・

江崎誠致「ルソンの谷間」

●初出　筑摩書房刊　昭和32・4
●決定　昭和32年7月22日。於 新喜楽
●他の候補作　「義歯」藤井千鶴子・「眼」池波正太郎・「魔法瓶」相見とし子・「寵臣」佐藤明子・「白

昭和32年（1957）

「風の中の」津田信・「不法所持」菊村到
●選考委員　前回と同じ（全委員出席）
●賞　前回と同じ

い扇」有吉佐和子・「ＯＮＬＹ・ＹＯＵ」村松喬
●選考委員　前回と同じ（全委員出席）
●賞　前回と同じ

第38回

開高　健「裸の王様」
●初出　『文學界』昭和32・12
●決定　昭和33年1月20日。於　金田中
●他の候補作　「死者の奢り」大江健三郎・「涼み台」川端康夫・「暗い地図」真崎浩・「狂った時間」窪田精・「闘牛」副田義也・「右京の僧」吉田克
●選考委員　前回と同じ（欠席は宇野委員）
●賞　前回と同じ

該当作品なし
●決定　昭和33年1月20日。於　金田中
●候補作　「次席検事」金川太郎「白い太陽」小林実・「紙漉風土記」小田武雄・「輸出」城山三郎・「高柳父子」滝口康彦・『信濃大名記』池波正太郎・「単独登攀」瓜生卓造・「借金鬼」碧川浩一
●選考委員　前回と同じ（欠席は井伏委員）

昭和33年（1958）

第39回

大江健三郎「飼育」
●初出　『文學界』昭和33・1
●決定　昭和33年7月21日。於　新喜楽
●他の候補作　「類人猿」田内初義・「地の骨」安岡伸好・「第七車輌」林青梧・「日々の戯れ」石崎晴央・「演技の果て」山川方夫・「水の壁」北川荘平・「鳩」大江健三郎
●選考委員　第34回の委員より、永井龍男・井伏鱒二、新委員に就任し11委員（瀧井孝作、佐藤春夫、

山崎豊子「花のれん」
●初出　（『中央公論』昭和33・1～6）中央公論社刊　昭和33・6

榛葉英治「赤い雪」
●初出　和同出版社刊　昭和33・2
●決定　昭和33年7月21日。於　新喜楽
●他の候補作　「Ｋ７高地」福本和也・「日本工作人」津田信・「黄色い運河」草川俊・「切腹九人目」

第39回

川端康成、丹羽文雄、舟橋聖一、石川達三、井上靖、中村光夫、永井龍男、宇野浩二、井伏鱒二)となる(欠席は井伏委員)

●賞　前回と同じ

田中敏樹・「生と死の間に」棟田博・「河太郎帰化」水島多楼・「水の壁」北川荘平・「氷柱」多岐川恭

●選考委員　第32回の委員より、井伏鱒二・永井龍男の両委員は芥川賞選考委員に移る。海音寺潮五郎・中山義秀・源氏鶏太、新委員に就任し9委員(大佛次郎、吉川英治、川口松太郎、小島政二郎、木々高太郎、村上元三、海音寺潮五郎、中山義秀、源氏鶏太)となる(欠席は外遊中の大佛委員)

●賞　前回と同じ

第40回

該当作品なし

●決定　昭和34年1月20日。於　新喜楽

●候補作　「鉄橋」吉村昭・「その一年」「海の告発」山川方夫・「馬つかい」下江巌・「降誕祭の手紙」庵原高子・「煙突の男」萩原一学・「王国とその抒情」山下宏・「家畜小屋」池田得太郎・「朴達の裁判」金達寿・「ふりむくな奇蹟は」林青梧

●選考委員　前回と同じ(全委員出席)

城山三郎「総会屋錦城」

●初出　『別冊文藝春秋』66号　昭和33・10

多岐川　恭「落ちる」

●初出　(『別冊宝石』昭和31・74号)河出書房新社刊　昭和33・11

●決定　昭和34年1月20日。於　新喜楽

●他の候補作　「あざやかな人々」深田祐介・「日本工作人」津田信・「二つの虹」野口冨士男・「長城線」草川俊・「応仁の乱」池波正太郎・「泥炭地層」福本和也

●選考委員　前回と同じ(欠席は書面回答の川口

委員）
●賞　前回と同じ

第41回

斯波四郎「山塔」

●初出　『早稲田文學』昭和34・5
●決定　昭和34年7月21日。於　新喜楽
●他の候補作　「解体以前」垣花浩濤・「眼」中村英良・「谿間にて」北杜夫・「貝殻」吉村昭・「橋」林青梧・「ある異邦人の死」佃実夫・「三十六号室」古田芳生
●選考委員　前回と同じ（欠席は宇野、井伏の2委員）
●賞　前回と同じ

渡邊喜恵子「馬渕川」

●初出　（『新文明』昭和30・6、9、31・6、8〜32・5）光風社刊　昭和33・11

平岩弓枝「鏨師」

●初出　『大衆文藝』昭和34・2
●決定　昭和34年7月21日。於　新喜楽
●他の候補作　「うぐいす」小田武雄・「天国は遠すぎる」土屋隆夫・「黒白」柳田知怒夫・「鍵」津村節子・「秘図」池波正太郎
●選考委員　前回と同じ（欠席は海外出張中の木々委員）
●賞　前回と同じ

第42回

該当作品なし

●決定　昭和35年1月21日
●候補作　「シルエット」川上宗薫・「無傷の論理」右遠俊郎・「孤児」古田芳生・「行賞規程第六条」谷恭介・「ある秋の出来事」坂上弘・「感情のウェ

戸板康二「團十郎切腹事件」

●初出　『宝石』昭和34・12

司馬遼太郎「梟の城」

●初出　（『中外日報』昭和33・4〜34・2）講談社

昭和35年（1960）

第42回

イヴ」吉田紗美子・「基地」小堺昭三・「海」なだいなだ
●選考委員　前回と同じ（全委員出席）

刊　昭和34・9
●決定　昭和35年1月21日。於　新喜楽
●他の候補作　「霧と影」水上勉・「危険な関係」新章文子・「黄色のバット」杉森久英・「女夫ヶ池」津田信・「櫛」藤井千鶴子
●選考委員　前回と同じ（欠席は大佛委員）
●賞　前回と同じ

第43回

北　杜夫「夜と霧の隅で」
●初出　『新潮』昭和35・5
●決定　昭和35年7月19日。於　軽井沢　遊ふぎ利
●他の候補作　「憂鬱な獣」川上宗薫・「パルタイ」倉橋由美子・「神話」なだいなだ・「類人獣」石井仁・「暗い川が手を叩く」童門冬二・「夏休みの配当」岡田睦・「魔笛」古賀珠子・「白い夏」吉村謙三
●選考委員　前回と同じ（欠席は佐藤、宇野、川端、井上の4委員）
●賞　前回と同じ

池波正太郎「錯乱」
●初出　『オール讀物』昭和35・4
●決定　昭和35年7月19日。於　軽井沢　遊ふぎ利
●他の候補作　「刀塚」木本正次・「木石抄」左館秀之助・「企業の伝説」北川荘平・「海の牙」「耳」水上勉・「天皇裕仁」小泉譲・「透明な暗殺」佐野洋・「日本いそっぷ噺」葉山修平・「休日の断崖」黒岩重吾・「美の盗賊」碧川浩一
●選考委員　前回と同じ（全委員出席）
●賞　前回と同じ

三浦哲郎「忍ぶ川」
●初出　『新潮』昭和35・10
●決定　昭和36年1月23日。於　新喜楽

寺内大吉「はぐれ念仏」
●初出　『近代説話』昭和35・5号
黒岩重吾「背徳のメス」

	昭和36年（1961）
第44回	第45回
●他の候補作　「川中島の花さん」小野東・「ブレーメン分会」泉大八・「架橋」小林勝・「夏の終り」倉橋由美子・「ロクタル管の話」柴田翔・「花やあらむ」野村尚吾・「蕃婦ロポウの話」坂口䙥子・「紙の裏」木野工 ●選考委員　前回と同じ（欠席は井伏委員） ●賞　前回と同じ これ以降、選考会はすべて新喜楽を会場とするようになる。	**該当作品なし** ●決定　昭和36年7月18日 ●候補作　「名門」大森光章・「石ころ」岡田みゆき・「光りの飢え」宇能鴻一郎・「海岸公園」山川方夫・「孤宴」小牧永典・「繭」佐江衆一・「黄土の記憶」伊藤桂一 ●選考委員　前回と同じ（欠席は宇野、瀧井、川端の3委員）
●初出　中央公論社刊　昭和35・11 ●決定　昭和36年1月23日　於　新喜楽 ●他の候補作　「絃」夏目千代・「夜は明けない」木戸織男・「妖盗蟇」暇文兵・「人喰い」笹沢佐保（以後、左保）・「自分の中の他人」小堺昭三・「ショート・ショート」六篇、星新一・「忍ケ丘」津田信 ●選考委員　前回と同じ（全委員出席） ●賞　前回と同じ これ以降、選考会はすべて新喜楽を会場とするようになる。	**水上　勉「雁の寺」** ●初出　『別冊文藝春秋』75号　昭和36・3 ●決定　昭和36年7月18日 ●他の候補作　「夜の顔ぶれ」松本孝・「狼火と旗と」井口朝生・「斗南藩子弟記」永岡慶之助・「銀と青銅の差」樹下太郎・「青苔記」永井路子・「孤雁」大屋典一・「お陣屋のある村」杜山悠 ●選考委員　第39回の委員より、松本清張・今日出海、新委員に就任し11委員となる（欠席は吉川委員） ●賞　前回と同じ

第46回

宇能鴻一郎「鯨神」

●初出　『文學界』昭和36・7
●決定　昭和37年1月23日
●他の候補作　「透明標本」吉村昭・「海の屑」久保輝巳・「凍（しばれ）」木野工・「終りの夏」洲之内徹・「めじろ塚」谷口茂・「解禁」田久保英夫・「王国」大森光章
●選考委員　第39回の委員より、宇野浩二死去により10委員となる（欠席は井伏、川端の2委員）
●賞　前回と同じ

伊藤桂一「螢の河」

●初出　『近代説話』昭和36・8号
●決定　昭和37年1月23日
●他の候補作　「背教者」来水明子・「空白の起点」笹沢左保・「仁王」林青梧・「粟井宿の人足」杜山悠・「枯草の根」陳舜臣・「そこからの出発」各務秀雄
●選考委員　前回と同じ（欠席は吉川委員）
●賞　前回と同じ

昭和37年（1962）

第47回

川村　晃「美談の出発」

●初出　『文學街』昭和37・3
●決定　昭和37年7月23日
●他の候補作　「猫のいる風景」坂口䙥子・「雪の上の足跡」小佐井伸二・「睡蓮」田久保英夫・「石の微笑」吉村昭・「白い塑像」久保輝巳・「雪」河野多恵子・「鳥のしらが」須田作次
●選考委員　第46回の委員より、佐藤春夫、委員辞任。石川淳、高見順、新委員に就任し11委員（瀧井孝作、川端康成、丹羽文雄、舟橋聖一、石川達三、井上

杉森久英「天才と狂人の間」

●初出　（『自由』昭和35・11〜36・7　隔月掲載）河出書房新社刊　昭和37・2
●決定　昭和37年7月23日
●他の候補作　「夜の暦」津田信・「無頼の系図」杜山悠・「乱世詩人伝」野村尚吾・「怪談」木野工・「色模様」川野彰子・「ゴメスの名はゴメス」結城昌治・「格子の外」金子明彦・「紙背」小林勝・「涼月記」来水明子
●選考委員　前回と同じ（欠席は吉川、書面回答

靖、永井龍男、高見順、石川淳、中村光夫、井伏鱒二)となる(欠席は井伏委員)
●賞　前回と同じ

第48回

該当作品なし

●決定　昭和38年1月22日
●候補作　「美少女」河野多惠子・「培養」大森光章・「白猫」加藤浩子・「こどもの国」久保輝巳・「光芒」多岐一雄・「奢りの春」田久保英夫・「カナダ館一九四一年」西条倶吉・「痙攣」久我耕
●選考委員　前回と同じ(欠席は井伏委員)

第49回

後藤紀一「少年の橋」

●初出　『山形文学』昭和38・18号

の木々の2委員)
●賞　前回と同じ

山口　瞳「江分利満氏の優雅な生活」

●初出　『婦人画報』昭和36・10〜37・8

杉本苑子「孤愁の岸」

●初出　講談社刊　昭和37・10
●決定　昭和38年1月22日
●他の候補作　「花の御所」稲垣一城・「六本木心中」笹沢左保・「社外極秘」邦光史郎・「あるスカウトの死」高原弘吉・「火と土と水の暦」小橋博・「連」前田とみ子
●選考委員　吉川英治、死去により10委員となる(欠席は中山、書面回答の松本の2委員)
●賞　前回と同じ

佐藤得二「女のいくさ」

●初出　二見書房刊　昭和38・4
●決定　昭和38年7月23日

第49回

河野多恵子「蟹」

●初出　『文學界』昭和38・6
●決定　昭和38年7月23日
●他の候補作　「ソクラテスの妻」佐藤愛子・「離婚」多岐一雄・「たたかい」三原誠・「雪蛇」亀田由紀夫
●選考委員　前回と同じ（欠席は井伏委員）
●賞　前回と同じ

第50回

田辺聖子「感傷旅行《センチメンタル・ジャーニィ》」

●初出　『航路』昭和38・7号
●決定　昭和39年1月21日
●他の候補作　「機関士ナポレオンの退職」清水寥人・「地の群れ」井上光晴・「二人の女」佐藤愛子・「砧」森泰三・「雪のした」木原象夫・「日日残影」平田敬・「奇妙な雪」鴻みのる・「巣を出る」阿部昭
●選考委員　前回と同じ（欠席は井伏、川端、書面回答の高見の3委員）
●賞　前回と同じ

●他の候補作　「短夜物語」来水明子・「李朝残影」梶山季之・「あふれるもの」瀬戸内晴美・「空」福井馨・「氷中花」津村節子
●選考委員　前回と同じ（全委員出席）
●賞　前回と同じ

安藤鶴夫「巷談本牧亭」

●初出　（『読売新聞』昭和37・1・4～6・28）桃源社刊　昭和38・7

和田芳恵「塵の中」

●初出　（『三田文學』昭和27・6、昭和28・4、5）光風社刊　昭和38・12
●決定　昭和39年1月21日
●他の候補作　「廓育ち」川野彰子・「脱走記」江夏美子・「地には平和を」小松左京・「サラリーマンの勲章」樹下太郎・「猟人日記」戸川昌子・「戦雲の座」野村尚吾・「弦月」津村節子・「クリスマスの贈

物」山川方夫
●選考委員　前回と同じ（欠席は書面回答の大佛委員）
●賞　前回と同じ

昭和39年（1964）

第51回

柴田　翔「されどわれらが日々――」

●初出　『象』昭和38・7号
●決定　昭和39年7月21日
●他の候補作　「素晴しい空」佐江衆一・「風葬」坂口䙥子・「青の儀式」長谷川敬・「那覇の木馬」五代夏夫・「薪能」立原正秋・「影絵」小牧永典・「どくだみ」三好三千子・「愛のごとく」山川方夫
●選考委員　前回と同じ（欠席は川端、井伏、井上、書面回答の高見の4委員）
●賞　前回と同じ

該当作品なし

●決定　昭和39年7月21日
●候補作　「海の侵入」真木桂之助・「赤い運河」草川俊・「裸の秒」桑原恭子・「指のメルヘン」村山明子・「電気計算機のセールスマン等」諸星澄子・「闘鶏絵図」宮地佐一郎・「誰のための大地」林青梧・「狂詩人」藤井千鶴子
●選考委員　前回と同じ（全委員出席）

第52回

該当作品なし

●決定　昭和40年1月19日
●候補作　「行方不明」南勝雄・「トンネル」なだいなだ・「母の上京」伊藤沆・「炎」飯尾憲士・「ラッペル狂詩曲」立川洋三・「信じ服従し働らく」向坂唯雄・「真赤な兎」長谷川修・「雪残る村」高橋実・

永井路子「炎環」

●初出　光風社刊　昭和39・10

安西篤子「張 少子《チャンシャオツ》の話」

●初出　『新誌』昭和39・4号
●決定　昭和40年1月19日

昭和40年（1965）		
第52回	第53回	
「さい果て」津村節子 ●選考委員　前回と同じ（欠席は井伏、書面回答の高見の2委員）	**津村節子「玩具」** ●初出　『文學界』昭和40・5 ●決定　昭和40年7月19日 ●他の候補作　「影絵《シルエット》」青木満・「徴用老人列伝」富士正晴・「剣ケ崎」立原正秋・「蝶の季節」高橋光子・「単独者」森万紀子・「砂の関係」黒部亨・「十津川」清水幸義・「幼年詩篇」阿部昭 ●選考委員　前回と同じ（欠席は井伏、書面回答の高見の2委員） ●賞　前回と同じ	**高井有一「北の河」** ●初出　『犀』昭和40・4号
●他の候補作　「加納大尉夫人」佐藤愛子・「刀工源清麿」斎藤鈴子・「流離の記」江夏美好・「帝国軍隊に於ける学習・序」富士正晴・「破れ暦」津田信・「衰亡記」中原弓彦・「幽囚転転」中川静子 ●選考委員　前回と同じ（欠席は書面回答の川口委員） ●賞　前回と同じ	**藤井重夫「虹」** ●初出　『作家』昭和40・4 ●決定　昭和40年7月19日 ●他の候補作　「川の挿話」中村光至・「白い横顔」柴田道司・「氷の庭」中川静子・「重い神々の下僕」三好文夫・「銀色の構図」井上武彦・「苦を紡ぐ女」稲垣真美・「走狗」古川薫 ●選考委員　前回と同じ（全委員出席） ●賞　前回と同じ	**新橋遊吉「八百長」** ●初出　『讃岐文学』昭和40・13号

昭和41年（1966）

第54回

●決定　昭和41年1月17日
●他の候補作　「阿修羅王」浅井美英子・「お迎え待ち」大西兼治・「渇不飲盗泉水」島京子・「孤島の生活」長谷川修・「鳩の橋」小笠原忠・「距離」森万紀子・「童話」なだいなだ・「死化粧」渡辺淳一
●選考委員　第47回の委員より、高見順、死去により10委員となる（欠席は井伏、書面回答の川端の2委員）
●賞　前回と同じ

千葉治平「虜愁記」

●初出　『秋田文学』昭和40・23～27号
●決定　昭和41年1月17日
●他の候補作　「大佐日記」古川洋三・「金銀にまみれて」金川太郎・「漆の花」立原正秋・「企業の過去帳」北川荘平・「黄土の奔流」生島治郎・「極東語学校夜話」粂川光樹・「修羅の人」青山光二
●選考委員　前回と同じ（欠席は渡米中の川口、書面回答の今、中山の3委員）
●賞　前回と同じ

第55回

該当作品なし

●決定　昭和41年7月18日
●候補作　「月の光」阿部昭・「紫茉莉」西村光代・「眼なき魚」山崎柳子・「天上の花―三好達治抄―」萩原葉子・「しおれし花飾りのごとく」なだいなだ・「アルカ小屋」大野正重・「胎（たい）」野島勝彦・「哲学者の商法」長谷川修
●選考委員　第54回より、井伏鱒二、委員辞任。大岡昇平・三島由紀夫、新委員に就任し11委員（井上靖、石川淳、石川達三、川端康成、瀧井孝作、中村光夫、

立原正秋「白い罌粟」

●初出　『別冊文藝春秋』94号　昭和40・12
●決定　昭和41年7月18日
●他の候補作　「最後の攘夷党」谷川健一・「非英雄伝」井出孫六・「白昼堂々」結城昌治・「さらば、モスクワ愚連隊」五木寛之・「白い塔」北川荘平・「ふくさ」菅野照代・「かげろう記」滝口康彦・「善意通訳」田中ひな子
●選考委員　第48回より、木々高太郎・小島政二郎、委員辞任。柴田錬三郎・水上勉、新委員に就

永井龍男、丹羽文雄、舟橋聖一、大岡昇平、三島由紀夫）となる（全委員出席）

第56回

丸山健二「夏の流れ」

●初出　『文學界』昭和41・11
●決定　昭和42年1月23日
●他の候補作　「音楽入門」阪田寛夫・「落鳥」古賀珠子・「兎の結末」柏原兵三・「壁の絵」野呂邦暢・「伊吹山」豊田穣・「切符を買って」甲洋子・「記憶」山崎柳子・「孵化」竹内和夫・「石のニンフ達」宮原昭夫・「化石の見える崖」秋山篤・「健やかな日常」斎藤せつ子
●選考委員　前回と同じ（全委員出席）
●賞　前回と同じ

第57回

大城立裕「カクテル・パーティー」

●初出　『新沖縄文学』昭和42・4号
●決定　昭和42年7月21日
●他の候補作　「白桃」野呂邦暢・「人間の病気」後

任し10委員（大佛次郎、海音寺潮五郎、川口松太郎、源氏鶏太、松本清張、村上元三、柴田錬三郎、水上勉、今日出海、中山義秀）となる（欠席は書面回答の今、中山の2委員）
●賞　前回と同じ

五木寛之「蒼ざめた馬を見よ」

●初出　『別冊文藝春秋』98号　昭和41・12
●決定　昭和42年1月23日
●他の候補作　「闇の中の対話」田中阿里子・「丘の家」津本陽・「大きな手」河村健太郎・「風塵地帯」三好徹・「鬼の骨」早乙女貢・「炎に絵を」陳舜臣・「GIブルース」五木寛之
●選考委員　前回と同じ（欠席は大佛、書面回答の川口の2委員）
●賞　前回と同じ

生島治郎「追いつめる」

●初出　光文社刊　昭和42・4
●決定　昭和42年7月21日
●他の候補作　「ホタルの里」中田浩作・「シュロン耕

藤明生・「にぎやかな街で」丸谷才一・「レトルト」なだいなだ・「魚」北条文緒・「やわらかい兇器」宮原昭夫

●選考委員　前回と同じ（欠席は井上委員）

●賞　正賞＝時計　副賞＝20万円

地」斎藤芳樹・「霧の底から」滝口康彦・「生柿吾三郎の税金闘争」平井信作・「回向文」鬼頭恭而・「受胎旅行」野坂昭如・「閃光の遺産」三好徹・「霙」渡辺淳一

●選考委員　第55回の委員より、石坂洋次郎、新委員に就任し11委員となる（欠席は大佛委員）

●賞　正賞＝時計　副賞＝20万円

第58回

柏原兵三「徳山道助の帰郷」

●初出　『新潮』昭和42・7

●決定　昭和43年1月22日

●他の候補作　「死の翼の下に」桑原幹夫・「風」佐江衆一・「秘密」丸谷才一・「マイ・カアニヴァル」勝目梓・「奇蹟の市」佐木隆三・「東京の春」阿部昭

●選考委員　前回と同じ（全委員出席）

●賞　前回と同じ

野坂昭如「アメリカひじき」＊1「火垂るの墓」＊2

●初出　＊1『別冊文藝春秋』101号　昭和42・9
＊2『オール讀物』昭和42・10

三好　徹「聖少女」

●初出　『別冊文藝春秋』101号　昭和42・9

●決定　昭和43年1月22日

●他の候補作　「ベトナム観光公社」筒井康隆・「首謀者」姫野梅子・「風塵」原田八束・「あるスパルタの敗北」豊田穣・「訪れ」渡辺淳一・「残り火」加藤葵・「叛臣伝」早乙女貢

●選考委員　前回と同じ（欠席は書面回答の川口委員）

●賞　前回と同じ

昭和43年(1968)

第59回

大庭みな子「三匹の蟹」

●初出　『群像』　昭和43・6

丸谷才一「年の残り」

●初出　『文學界』　昭和43・3

●決定　昭和43年7月22日

●他の候補作　「幸福へのパスポート」山田稔・「S温泉からの報告」後藤明生・「拘禁」斎藤昌三・「くさびら譚」加賀乙彦・「予言者」山田智彦・「北の港」杉田瑞子

●選考委員　前回と同じ(欠席は中村委員)

●賞　前回と同じ

該当作品なし

●決定　昭和43年7月22日

●候補作　「示談書」豊田行二・「アフリカの爆弾」筒井康隆・「大将とわたし」佐木隆三・「小船の上で」宮原昭夫・「河竜の裔」原田八束・「蛸と精鋭」阿部牧郎・「耳なしロドリゲス」梶野豊三・「死の武器」井上武彦

●選考委員　前回と同じ(欠席は書面回答の松本委員)

第60回

該当作品なし

●決定　昭和44年1月20日

●候補作　「夜への落下」斎藤昌三・「犬のように」山田稔・「未成年」阿部昭・「客」佐江衆一・「父の謝肉祭」山田智彦・「針魚」山崎柳子・「待っている時間」宮原昭夫・「穴と空」黒井千次・「私的生活」後藤明生

●選考委員　前回と同じ(全委員出席)

陳　舜　臣「青玉獅子香炉」

●初出　『別冊文藝春秋』105号　昭和43・9

早乙女　貢「僑人の檻」

●初出　講談社刊　昭和43・11

●決定　昭和44年1月20日

●他の候補作　「わが町」阪田寛夫・「玉妖記」原田八束・「空港へ」豊田穣・「斧と楡のひつぎ」沢田誠

昭和44年（1969）

第61回

庄司　薫「赤頭巾ちゃん気をつけて」

●初出　『中央公論』昭和44・5

田久保英夫「深い河」

●初出　『新潮』昭和44・6
●決定　昭和44年7月18日
●他の候補作　「歓喜」直井潔・「時間」黒井千次・「煙へ飛翔」奥野忠昭・「青年よ、大志をいだこう」佐江衆一・「大いなる日」阿部昭・「笑い地獄」後藤明生
●選考委員　前回と同じ（欠席は大岡、石川淳の2委員）
●賞　前回と同じ

清岡卓行「アカシヤの大連」

●初出　『群像』昭和44・12

一・「糸魚川心中」利根川裕・「乾坤独算民」浅田晃彦
●選考委員　前回と同じ（全委員出席）
●賞　前回と同じ

佐藤愛子「戦いすんで日が暮れて」

●初出　（『別冊小説現代』昭和43・9）講談社刊昭44・4
●決定　昭和44年7月18日
●他の候補作　「袋叩きの土地」阿部牧郎・「ちりめんじゃこ」藤本義一・「花を掲げて」勝目梓・「B少年の弁明」利根川裕・「島のファンタジア」黒部亨・「小説　心臓移植」渡辺淳一
●選考委員　前回と同じ（欠席は書面回答の川口、中山の2委員）
●賞　前回と同じ

該当作品なし

●決定　昭和45年1月19日

昭和45年（1970）

第62回

●決定　昭和45年1月19日
●他の候補作　「四階のアメリカ」畑山博・「幼き者は驢馬に乗って」森内俊雄・「密約」森万紀子・「蟹の町」内海隆一郎・「幕間」岡本達也・「コスモスの咲く町」坂上弘・「星のない部屋」黒井千次・「われら青春の途上にて」李恢成・「円陣を組む女たち」古井由吉
●選考委員　前回と同じ（欠席は石川淳委員）
●賞　前回と同じ

●候補作　「紅葉山」永岡慶之助・「われは湖の子」阿部牧郎・「おたまじゃくしは蛙の子」河村健太郎・「藤田嗣治」田中穣・「マンハッタン・ブルース」藤本義一・「ダイビング」平田敬・「他人の城」河野典生・「日本の童謡」阪田寛夫
●選考委員　第57回の委員より、中山義秀、死去。司馬遼太郎、新委員に就任し11委員となる（欠席は書面回答の川口委員）

第63回

古山高麗雄「プレオー8の夜明け」
●初出　『文藝』昭和45・4

吉田知子「無明長夜」
●初出　『新潮』昭和45・4
●決定　昭和45年7月18日
●他の候補作　「男たちの円居」古井由吉・「証人のいない光景」李恢成・「囚われ」高橋たか子・「夢の時間」金井美恵子・「赤い樹木」黒井千次・「空騒」奥野忠昭
●選考委員　前回と同じ（欠席は石川淳委員）
●賞　前回と同じ

結城昌治「軍旗はためく下に」
●初出　『中央公論』昭和44・11〜45・4

渡辺淳一「光と影」
●初出　『別冊文藝春秋』111号　昭和45・3
●決定　昭和45年7月18日
●他の候補作　「南北朝の疑惑」林青梧・「孤島の騎士」白石一郎・「遭難」加藤薫・「十六夜」黒部亭・「軍神」福岡徹
●選考委員　前回と同じ（欠席は書面回答の大佛、司馬の2委員）
●賞　前回と同じ

昭和46年（1971）

第64回

古井由吉「杳子」

●初出　『文藝』昭和45・8
●決定　昭和46年1月18日
●他の候補作　「狩られる者たち」畑山博・「めぐらざる夏」日野啓三・「伽倻子のために」李恢成・「〈傷〉」森内俊雄・「兄」倉島齋・「闇の船」黒井千次・「妻隠」古井由吉
●選考委員　第55回の委員より、三島由紀夫、死去により10委員（井上靖、石川達三、大岡昇平、川端康成、瀧井孝作、中村光夫、丹羽文雄、舟橋聖一、石川淳、永井龍男）となる（欠席は永井、石川淳の2委員）
●賞　前回と同じ

第65回

該当作品なし

●決定　昭和46年7月16日
●候補作　「彼方の水音」高橋たか子・「はにわの子たち」畑山博・「万徳幽霊奇譚」金石範・「黄色い娼婦」森万紀子・「実験室」山田智彦・「骨川に行く」森内俊雄・「青丘の宿」李恢成・「渋面の祭」花輪莞爾

第64回

豊田　穣「長良川」

●初出　作家社刊　昭和45・6
●決定　昭和46年1月18日
●他の候補作　「終曲」三樹青生・「時雨のあと」梅本育子・「すだまの裔たち」黒部亨・「アンモニア戦記」阿部牧郎・「マイナス・ゼロ」広瀬正・「宮地家三代日記」宮地佐一郎・「紀伊国屋文左衛門」武田八洲満
●選考委員　第62回の委員より、海音寺潮五郎辞任により10委員（石坂洋次郎、大佛次郎、川口松太郎、源氏鶏太、今日出海、司馬遼太郎、柴田錬三郎、松本清張、水上勉、村上元三）となる（欠席は書面回答の川口委員）
●賞　前回と同じ

第65回

該当作品なし

●決定　昭和46年7月16日
●候補作　「われらの異郷」阿部牧郎・「溟い海」藤沢周平・「ツィス」広瀬正・「生きいそぎの記」藤本義一・「中山峠に地獄を見た」「雪に花散る奥州路」笹沢左保・「谷間のロビンソン」黒部亨
●選考委員　前回と同じ（全委員出席）

●選考委員　前回と同じ（欠席は石川淳委員）

第66回

李　恢成「砧をうつ女」

●初出　『季刊藝術』昭和46・18号

東　峰夫「オキナワの少年」

●初出　『文學界』昭和46・12

●決定　昭和47年1月20日

●他の候補作　「刻を曳く」後藤みな子・「まぼろしの風景画」長谷川修・「共生空間」高橋たか子・「玩具の兵隊」加藤富夫・「廬山」秦恒平・「イバラの燃える音」富岡多恵子・「触れられた闇」花輪莞爾・「昨夜は鮮か」大久保操

●選考委員　第64回の委員より、石川達三、石川淳、委員辞任。安岡章太郎、吉行淳之介、新委員に就任し10委員となる（欠席は川端委員）

●賞　正賞＝時計　副賞＝30万円

該当作品なし

●決定　昭和47年1月20日

●候補作　「自動巻時計の一日」田中小実昌・「老人と猫」石井博・「菊酒」宮地佐一郎・「空母プロメテウス」岡本好古・「華燭」福岡徹・「襤褸」木野工・「エロス」広瀬正・「囮」藤沢周平

●選考委員　前回と同じ（全委員出席）

第67回

宮原昭夫「誰かが触った」

●初出　『文藝』昭和47・4

畑山　博「いつか汽笛を鳴らして」

綱淵謙錠「斬（ざん）」

●初出　（『新評』昭和46・2～47・2）河出書房新社刊　昭和47・5

●初出　『文學界』昭和47・4
●決定　昭和47年7月19日
●他の候補作　「家を出る」山田智彦・「狐を孕む」津島佑子・「冬へ」森泰三・「三本の釘の重さ」後藤みな子・「裸の捕虜」鄭承博・「仕かけのある静物」富岡多恵子・「春の往復」森内俊雄・「島の光」中川芳郎
●選考委員　第66回の委員より、川端康成、死去により9委員となる（全委員出席）
●賞　前回と同じ

井上ひさし「手鎖心中」

●初出　『別冊文藝春秋』119号　昭和47・3
●決定　昭和47年7月19日
●他の候補作　「家族八景」筒井康隆・「残酷な蜜月」阿部牧郎・「おきさ」加藤善也・「寂光」桂英澄・「地虫」難波利三・「FL無宿のテーマ」有明夏夫・「中国語教えます」小山史大
●選考委員　前回と同じ（全委員出席）
●賞　正賞＝時計　副賞＝30万円

第68回

郷　静子「れくいえむ」

●初出　『文學界』昭和47・12

山本道子「ベティさんの庭」

●初出　『新潮』昭和47・11
●決定　昭和48年1月18日
●他の候補作　「海辺の広い庭」野呂邦暢・「蟻の塔」山田智彦・「窓の向うに動物が走る」富岡多恵子・「ミッドワイフの家」三木卓・「遺る罪は在らじと」高橋光子・「酋長」加藤富夫
●選考委員　前回と同じ（全委員出席）

該当作品なし

●決定　昭和48年1月18日
●候補作　「仲秋十五日」滝口康彦・「黒い縄」藤沢周平・「去年国道3号線で」堀勇蔵・「雑魚の棲む路地」難波利三・「信虎」武田八洲満・「折れた八月」小久保均・「暗雲」太田俊夫
●選考委員　前回と同じ（欠席は書面回答の川口委員）

●賞　前回と同じ

昭和48年（1973）

第69回

三木　卓「鶸（ひわ）」

●初出　『すばる』昭和47・10号
●決定　昭和48年7月17日
●他の候補作　「鳥たちの河口」野呂邦暢・「十九歳の地図」中上健次・「蛇いちごの周囲」青木八束・「失われた絵」高橋たか子・「眉山」森内俊雄・「壜のなかの子ども」津島佑子・「口髭と虱」加藤富夫
●選考委員　前回と同じ（全委員出席）
●賞　前回と同じ

長部日出雄「津軽世去れ節」＊1
「津軽じょんから節」＊2

●初出　（＊1『別冊小説現代』昭和46・陽春号
＊2『同』昭和45・新秋号）　津軽書房刊　昭和47・11

藤沢周平「暗殺の年輪」

●初出　『オール讀物』昭和48・3
●決定　昭和48年7月17日
●他の候補作　「木煉瓦」加藤善也・「妬刃（ねたば）」仲谷和也・「黄金伝説」平村良・「炎の旅路」武田八洲満・「罪喰い」赤江瀑
●選考委員　第64回の委員より、大佛次郎、死去により9委員となる（全委員出席）
●賞　前回と同じ

第70回

森　敦「月山」

●初出　『季刊藝術』昭和48・26号

野呂邦暢「草のつるぎ」

該当作品なし

●決定　昭和49年1月16日
●候補作　「安見隠岐の罪状」戸部新十郎・「トマト・ゲーム」皆川博子・「闇の重さ」康伸吉・「日向延

●初出　『文學界』昭和48・12
●決定　昭和49年1月16日
●他の候補作　「此岸の家」日野啓三・「墜ちる男」岡松和夫・「流蜜のとき」太田道子・「火屋」津島佑子・「ネクタイの世界」吉田健至・「石の道」金鶴泳・「白蟻」高橋昌男
●選考委員　前回と同じ（全委員出席）
●賞　前回と同じ

昭和49年（1974）

第71回

該当作品なし

●決定　昭和49年7月17日
●候補作　「浮ぶ部屋」日野啓三・「小蟹のいる村」岡松和夫・「微熱のとき」太田道子・「夏の亀裂」金鶴泳・「道化の背景」高橋昌男・「アイの問題」福沢英敏・「『父』の年輪」太佐順・「笑い声」山本孝夫
●選考委員　前回と同じ（全委員出席）

阪田寛夫「土の器」

●初出　『文學界』昭和49・10

岡のぼり猿」滝口康彦・「冬の花　悠子」植草圭之助・「怨の儀式」安達征一郎・「サムライの末裔」有明夏夫・「女体蔵志」古川薫
●選考委員　前回と同じ（欠席は書面回答の川口委員）

藤本義一「鬼の詩」

●初出　『別冊小説現代』昭和49・陽春号
●決定　昭和49年7月17日
●他の候補作　「火炎城」白石一郎・「ペインティング・ナイフの群像」河野典生・「失われた球譜」阿部牧郎・「パーマネントブルー」素九鬼子・「仏の城」榊原直人・「不可触領域」半村良
●選考委員　前回と同じ（欠席は書面回答の川口委員）
●賞　前回と同じ

半村　良「雨やどり」

●初出　『オール讀物』昭和49・11

昭和50年（1975）

第73回	第72回
林　京子「祭りの場」 ●初出　『群像』昭和50・6 ●決定　昭和50年7月17日 ●他の候補作　「浄徳寺ツアー」中上健次・「清吉の暦」高橋揆一郎・「真夜中のパズル」波多野文彦・「暮色の深まり」岩橋邦枝・「青い沼」島村利正・「掌の光景」梅原稜子・「営巣記」小沢冬雄 ●選考委員　前回と同じ（全委員出席） ●賞　前回と同じ	**日野啓三「あの夕陽」** ●初出　『新潮』昭和49・9 ●決定　昭和50年1月16日 ●他の候補作　「赤い帆」三浦清宏・「鳩どもの家」中上健次・「夏の家」梅原稜子・「熊野」岡松和夫・「胸の暗がり」山本孝夫 ●選考委員　前回と同じ（欠席は書面回答の大岡委員） ●賞　前回と同じ
該当作品なし ●決定　昭和50年7月17日 ●候補作　「金環食の影飾り」赤江瀑・「ふれあい」井口恵之・「ひまやきりしたん」素九鬼子・「一炊の夢」白石一郎・「ニューヨークのサムライ」楢山芙二夫・「生麦一条」武田八洲満・「天を突く喇叭」難波利三 ●選考委員　前回と同じ（欠席は司馬委員）	**井出孫六「アトラス伝説」** ●初出　（『現代の眼』昭和45・7〜9）冬樹社刊　昭和49・11 ●決定　昭和50年1月16日 ●他の候補作　「大地の子守歌」素九鬼子・「イルティッシュ号の来た日」難波利三・「塞翁の虹」古川薫・「暗黒告知」小林久三・「短剣」栗山良八郎 ●選考委員　前回と同じ（欠席は書面回答の川口、石坂、今の3委員） ●賞　前回と同じ

昭和51年（1976）

第74回

中上健次「岬」

●初出　『文學界』昭和50・10

岡松和夫「志賀島」

●初出　『文學界』昭和50・11
●決定　昭和51年1月14日
●他の候補作　「黒い風を見た……」小沢冬雄・「丘の一族」小林信彦・「藁のぬくもり」高橋昌男・「針の穴」吉行理恵・「さらば、海軍」加藤富夫
●選考委員　第66回の委員より、舟橋聖一、死去により8委員となる（欠席は大岡委員）
●賞　前回と同じ

佐木隆三「復讐するは我にあり」

●初出　講談社刊　昭和50・11
●決定　昭和51年1月14日
●他の候補作　「夜明け《ダイブレーキ》」有明夏夫・「スローなブギにしてくれ」片岡義男・「幻島記」白石一郎・「大いなる逃亡」田中光二・「夜の標的」醍醐麻沙夫・「コメディアン犬舎の友情」沼田陽一・
●選考委員　前回と同じ（欠席は書面回答の川口委員）
●賞　前回と同じ

第75回

村上　龍「限りなく透明に近いブルー」

●初出　『群像』昭和51・6
●決定　昭和51年7月5日
●他の候補作　「冬空」岩橋邦枝・「棄小舟」寺久保友哉・「出刃」小檜山博・「蔓の実」梅原稜子・「いづくの蟹」光岡明・「結婚」森泰三
●選考委員　第74回の委員より、大岡昇平、委員辞任により7委員となる（全委員出席）

該当作品なし

●決定　昭和51年7月5日
●候補作　「北辺の嵐」小田原金一・「山桜」栗山良八郎・「追うもの」「サバンナ」谷克二・「呪いの聖域」藤本泉・「咆哮は消えた」西村寿行・「神を信ぜず」岩川隆・「かもめ亭日乗」壱岐光生
●選考委員　前回と同じ（全委員出席）

●賞　前回と同じ

昭和52年(1977)

第76回

該当作品なし

●決定　昭和52年1月18日

●候補作　「夏の刻印」小久保均・「家の旗」小林信彦・「静かな日」中村昌義・「陽ざかりの道」寺久保友哉・「金魚」小沼燦・「冬の光」金鶴泳・「鵠色の武勲詩」神山圭介

●選考委員　第75回より、遠藤周作・大江健三郎、新委員に就任し9委員となる(全委員出席)

第77回

三田誠広「僕って何」

●初出　『文藝』昭和52・5

池田満寿夫「エーゲ海に捧ぐ」

●初出　『野性時代』昭和52・1

●決定　昭和52年7月14日

●他の候補作　「観音力疾走」高橋揆一郎・「八月の視野」小林信彦・「オコシップの遺品」上西晴

第76回

三好京三「子育てごっこ」

●初出　(『文學界』昭和50・12)文藝春秋刊　昭和51・11

●決定　昭和52年1月18日

●他の候補作　「滅びの笛」西村寿行・「葵と芋」有明夏夫・「さらば静かなる時」三浦浩・「陽暉楼」宮尾登美子・「夏至祭の果て」皆川博子・「適塾の維新」広瀬仁紀

●選考委員　前回と同じ(全委員出席)

●賞　前回と同じ

第77回

該当作品なし

●決定　昭和52年7月14日

●候補作　「喜望峰」谷恒生・「竹生島心中」青山光二・「つゆ」井口恵之・「怪しい来客簿」色川武大・「魔笛が聴こえる」西村寿行・「飛べない天使」松代達生・「喝采の谷」平田敬・「マンハッタンのバラード」樽山芙二夫

●選考委員　前回と同じ(欠席は書面回答の川口

治・「こころの匂い」寺久保友哉・「五月の傾斜」高橋三千綱・「奥義」光岡明
●選考委員　前回と同じ（欠席は書面回答の中村委員）
●賞　前回と同じ

委員）

第78回

宮本　輝「螢川」
●初出　『文藝展望』昭和52・19号

高城修三「榧の木祭り」
●初出　『新潮』昭和52・8
●決定　昭和53年1月17日
●他の候補作　「鳥屋《とや》の日々」中野孝次・「湿舌」光岡明・「日蔭の椅子」高橋揆一郎・「蔦の翳り」杉本研士・「火の影」寺久保友哉・「出立の冬」中村昌義
●選考委員　第76回の委員より、永井龍男辞任で8委員となる（欠席は書面回答の丹羽委員）
●賞　前回と同じ

該当作品なし
●決定　昭和53年1月17日
●候補作　「優しい滞在」三浦浩・「火神《アグニ》を盗め」山田正紀・「大阪希望館」難波利三・「十三人の修羅」古川薫・「ニシパの歌」上西晴治・「巷塵」高橋昌男・「スペインの短い夏」「越境線」谷克二・「錆色の町」小関智弘
●選考委員　前回と同じ（欠席は松本、書面回答の川口の2委員）

高橋三千綱「九月の空」
●初出　『文藝』昭和53・1

色川武大「離婚」
●初出　『別冊文藝春秋』143号　昭和53・3

昭和53年（1978）

第79回

高橋揆一郎「伸予」

●初出　『文藝』昭和53・6
●決定　昭和53年7月14日
●他の候補作　「個室の鍵」増田みず子・「草と草との距離」光岡明・「ベビーフード」重兼芳子・「鑿（のみ）」金鶴泳・「雪ふる年よ」中野孝次
●選考委員　第78回より、丸谷才一・開高健、新委員に就任し10委員（井上靖、遠藤周作、大江健三郎、瀧井孝作、中村光夫、丹羽文雄、安岡章太郎、吉行淳之介、開高健、丸谷才一）となる（全委員出席）
●賞　前回と同じ

津本　陽「深重の海」

●初出　『VIKING』292〜328号
●決定　昭和53年7月14日
●他の候補作　「乱れからくり」泡坂妻夫・「日本悪妻に乾杯」深田祐介・「イタチ捕り」小檜山博・「ホーン岬」谷恒生・「唐獅子株式会社」小林信彦・「ガラシャにつづく人々」若城希伊子
●選考委員　第69回の委員より、石坂洋次郎・柴田錬三郎、委員辞任。五木寛之・城山三郎、新委員に就任し9委員（五木寛之、川口松太郎、源氏鶏太、今日出海、司馬遼太郎、城山三郎、松本清張、水上勉、村上元三）となる（欠席は松本委員）
●賞　前回と同じ

第80回

該当作品なし

●決定　昭和54年1月19日
●候補作　「桜寮」増田みず子・「葬儀の日」松浦理英子・「淵の声」中村昌義・「髪（かみ）」重兼芳子・「赤く照り輝く山」立松和平・「母と子の契約」青野聰・「秋月へ」丸元淑生
●選考委員　前回と同じ（全委員出席）

宮尾登美子「一絃の琴」

●初出　講談社刊　昭和53・10

有明夏夫「大浪花諸人往来」

●初出　（『野性時代』昭和53・2〜4、7〜9）角川書店刊　昭和53・10
●決定　昭和54年1月19日
●他の候補作　「冷蔵庫より愛をこめて」阿刀田高・

昭和54年（1979）

第81回

重兼芳子「やまあいの煙」

●初出　『文學界』昭和54・3

青野　聰「愚者の夜」

●初出　『文學界』昭和54・6

●決定　昭和54年7月18日

●他の候補作　「閉じる家」立松和平・「風の歌を聴け」村上春樹・「逆立ち犬」北澤三保・「ふたつの春」増田みず子・「蘭の跡」玉貫寛・「八月の光を受けよ」吉川良

●選考委員　前回と同じ（欠席は書面回答の瀧井、中村の2委員）

●賞　正賞＝時計　副賞＝50万円

「野山獄相聞抄」古川薫・「日出づる海日沈む海」安達征一郎・「みずすましの街」小林信彦・「シャガールの馬」他、虫明亜呂無・「地の息」小関智弘

●選考委員　第79回の委員より、新田次郎、新委員に就任し10委員となる（欠席は司馬、書面回答の川口の2委員）

●賞　正賞＝時計　副賞＝50万円

田中小実昌「浪曲師朝日丸の話」「ミミのこと」

●初出　泰流社刊『香具師の旅』昭和54・2

阿刀田　高「ナポレオン狂」

●初出　（『オール讀物』昭和53・9）講談社刊　昭和54・4

●決定　昭和54年7月18日

●他の候補作　「未知海域」宗田理・「主家滅ぶべし」滝口康彦・「監督」海老沢泰久・「鳥はうたって残る」丸元淑生・「白い夏の墓標」帚木蓬生・「子役の時間」中山千夏

●選考委員　第80回の委員より川口松太郎辞任、9委員となる（欠席は松本、司馬の2委員）

昭和55年（1980）

第82回

森　禮子「モッキングバードのいる町」

●初出　『新潮』昭和54・8
●決定　昭和55年1月17日
●他の候補作　「誘惑」森瑤子・「慰霊祭まで」増田みず子・「その涙ながらの日」吉川良・「乾く夏」松浦理英子・「村雨」立松和平・「肌ざわり」尾辻克彦・「羽田浦地図」小関智弘
●選考委員　前回と同じ（欠席は海外取材中の開高委員）
●賞　前回と同じ

該当作品なし

●決定　昭和55年1月17日
●候補作　「プラハからの道化たち」高柳芳夫・「瀬戸内少年野球団」阿久悠・「ロマンス」「かけおち」「ヒモのはなし」つかこうへい・「革命商人」深田祐介・「羽音」中山千夏・「運」「夏断」「安来節」岩川隆
●選考委員　前回と同じ（欠席は司馬委員）

第83回

該当作品なし

●決定　昭和55年7月17日
●候補作　「神田村」吉川良・「狸」村上節・「闇のヘルペス」尾辻克彦・「ソウルの位牌」飯尾憲士・「羽ばたき」丸元淑生・「一九七三年のピンボール」村上春樹・「狩人たちの祝宴」北澤三保
●選考委員　前回と同じ（全委員出席）

向田邦子「花の名前」「かわうそ」「犬小屋」

●初出　『小説新潮』昭和55・4、5、6

志茂田景樹「黄色い牙」

●初出　講談社刊　昭和55・4
●決定　昭和55年7月17日
●他の候補作　「野づらの果て」「土くれ」「赤蝦夷松」米村晃多郎・「サムライの海」白石一郎・「ミセ

●賞　前回と同じ

スのアフタヌーン」中山千夏・「戻り川心中」連城三紀彦・「上役のいない月曜日」「禁酒の日」「徒歩15分」赤川次郎
●選考委員　第81回の委員より新田次郎死去。司馬遼太郎・松本清張、辞任。阿川弘之・山口瞳、新委員に就任し8委員となる(欠席は城山委員)
●賞　前回と同じ

第84回

尾辻克彦「父が消えた」

●初出　『文學界』昭和55・12
●決定　昭和56年1月19日
●他の候補作　「その細き道」髙樹のぶ子・「裏返しの夜空」嶋岡晨・「島影」土居良一・「裸足」木崎さと子・「人形」小沼燦・「遠い朝」丸元淑生・「なんとなく、クリスタル」田中康夫
●選考委員　前回と同じ(欠席は瀧井、安岡の2委員)
●賞　前回と同じ

中村正軌「元首の謀叛」

●初出　文藝春秋刊　昭和55・7
●決定　昭和56年1月19日
●他の候補作　「アラスカの喇叭」深田祐介・「オホーツク諜報船」西木正明・「眞贋の構図」もりたなるお・「薄化粧」西村望・「きらめき侍」「刀痕記」古川薫・「椛山訪雪図」「狐の皿」泡坂妻夫
●選考委員　前回と同じ(全委員出席)
●賞　前回と同じ

第85回

吉行理恵「小さな貴婦人」

●初出　『新潮』昭和56・2
●決定　昭和56年7月16日

青島幸男「人間万事塞翁が丙午」

●初出　(『小説新潮』昭和55・3、5、9、11、56・1)新潮社刊　昭和56・4

第85回

●他の候補作　「金色の象」宮内勝典・「祀る町」小関智弘・「百舌が啼いてから」長谷川卓・「火炎木」木崎さと子・「真澄のツー」上田真澄・「傷」森瑤子・「凪のけはい」峰原緑子
●選考委員　前回と同じ（欠席は瀧井委員）
●賞　前回と同じ

●決定　昭和56年7月16日
●他の候補作　「セミ・ファイナル」村松友視・「曲亭馬琴遺稿」森田誠吾・「ブラックバス」「二ノ橋　柳亭」神吉拓郎・「ロン・コン」胡桃沢耕史・「宝塚海軍航空隊」栗山良八郎・「減反神社」「父の寧日」山下惣一・「大御所の献上品」篠田達明
●選考委員　前回と同じ（欠席は書面回答の城山委員）
●賞　前回と同じ

第86回

該当作品なし

●決定　昭和57年1月18日
●候補作　「遠すぎる友」高樹のぶ子・「小さな娼婦」増田みず子・「火の降る日」宮内勝典・「離郷」木崎さと子・「万蔵の場合」車谷長吉・「きみの鳥はうたえる」佐藤泰志・「隻眼の人」飯尾憲士・「影の怯え」喜多哲正
●選考委員　前回と同じ（欠席は瀧井委員）

光岡　明「機雷」

●初出　講談社刊　昭和56・7

つか　こうへい「蒲田行進曲」

●初出　（『野性時代』昭和51・10）角川書店刊　昭和56・11
●決定　昭和57年1月18日
●他の候補作　「暗殺の森」古川薫・「丑三つの村」西村望・「F2グランプリ」海老沢泰久・「泪橋」村松友視・「バンコク喪服支店」深田祐介
●選考委員　第83回の委員より、池波正太郎、新

昭和57年(1982)

委員に就任し9委員となる(欠席は今委員)
●賞　前回と同じ

第87回

該当作品なし

●決定　昭和57年7月15日
●候補作　「消えた煙突」平岡篤頼・「重い陽光」南木佳士・「通りゃんせ」高橋洋子・「水果て」木辺弘児・「あなしの吹く頃」田中健三・「《ポー》の立つ時間」嶋岡晨・「吹き流し」木崎さと子
●選考委員　第79回より、瀧井孝作、委員辞任により9委員(井上靖、遠藤周作、大江健三郎、開高健、中村光夫、丹羽文雄、丸谷才一、安岡章太郎、吉行淳之介)となる(全委員出席)

深田祐介「炎熱商人」
●初出　(『週刊文春』昭和55・11〜57・2)文藝春秋刊　昭和57・5

村松友視「時代屋の女房」
●初出　『野性時代』昭和57・6
●決定　昭和57年7月15日
●他の候補作　「自決」飯尾憲士・「島原大変」白石一郎・「舞台女優」加堂秀三・「翔んで翔んで」川本旗子・「ぼくの小さな祖国」胡桃沢耕史・「友達はどこにいる」「少女と武者人形」「ホテルでシヤワーを」「ラスト・オーダー」山田正紀
●選考委員　第86回より、今日出海、委員辞任により8委員(阿川弘之、池波正太郎、五木寛之、源氏鶏太、城山三郎、水上勉、村上元三、山口瞳)となる(欠席は城山委員)
●賞　前回と同じ

第88回

唐 十郎「佐川君からの手紙」

●初出 『文藝』昭和57・11

加藤幸子「夢の壁」

●初出 『新潮』昭和57・9

●決定 昭和58年1月17日

●他の候補作 「活火山」南木佳士・「空の青み」佐藤泰志・「白い原」木崎さと子・「ナビ・タリョン」李良枝・「浮上」田野武裕

●選考委員 前回と同じ（全委員出席）

●賞 前回と同じ

昭和58年（1983） 第89回

該当作品なし

●決定 昭和58年7月14日

●候補作 「内気な夜景」増田みず子・「草のかんむり」伊井直行・「町の秋」高橋昌男・「かずきめ」李良枝・「退屈まつり」池田章一・「追い風」髙樹のぶ子・「優しいサヨクのための嬉遊曲」島田雅彦・「水晶の腕」佐藤泰志

●選考委員 前回と同じ（全委員出席）

第88回

該当作品なし

●決定 昭和58年1月17日

●候補作 「天山を越えて」胡桃沢耕史・「捕手はまだか」赤瀬川隼・「結婚以上」落合恵子・「海峡」岩川隆・「熱い風」森瑤子・「絢爛たる影絵」髙橋治・「白い花」「ベイ・シティに死す」「黒髪」連城三紀彦

●選考委員 第87回の委員より、井上ひさし、新委員に就任し、9委員となる（全委員出席）

第89回

胡桃沢耕史「黒パン俘虜記」

●初出 （『オール讀物』昭和56・12、57・4、58・1、6）文藝春秋刊 昭和58・5

●決定 昭和58年7月14日

●他の候補作 「紅き唇」連城三紀彦・「地雷」髙橋治・「写楽まぼろし」杉本章子・「貢ぐ女」山口洋子・「檻」北方謙三・「臆病者の空」「死なない鼠」塩田丸男・「風物語」森瑤子

●選考委員 第88回の委員より、阿川弘之、委員

第91回	第90回	

第90回

笠原　淳「杢二の世界」

●初出　『海燕』昭和58・11

高樹のぶ子「光抱く友よ」

●初出　『新潮』昭和58・12

●決定　昭和59年1月17日

●他の候補作　「ウホッホ探険隊」干刈あがた・「黄金の服」佐藤泰志・「赤い罌粟の花」平岡篤頼・「亡命旅行者は叫び呟く」島田雅彦・「四国山」梅原稜子・「住宅」赤羽建美

●選考委員　第87回の委員より、井上靖、委員辞任により8委員となる(全委員出席)

●賞　前回と同じ

第91回

該当作品なし

●決定　昭和59年7月16日

●候補作　「パパの伝説」伊井直行・「藪に入る女」

辞任により8委員となる(全委員出席)

●賞　前回と同じ

第90回

神吉拓郎「私生活」

●初出　(『オール讀物』昭和57・5、58・5、7〜10)文藝春秋刊　昭和58・11

髙橋　治「秘伝」

●初出　『小説現代』昭和58・11

●決定　昭和59年1月17日

●他の候補作　「宵待草夜情」連城三紀彦・「夜の運河」西木正明・「友よ、静かに瞑れ」北方謙三・「ジェームス山の李蘭」樋口修吉・「潮もかなひぬ」赤瀬川隼

●選考委員　第89回の委員より、城山三郎、委員辞任により7委員となる(全委員出席)

●賞　前回と同じ

第91回

連城三紀彦「恋文」

●初出　(『小説新潮』昭和58・8)新潮社刊　昭和59・5

昭和59年（1984）

第91回

小沼燦・「スターバト・マーテル」桐山襲・「夢遊王国のための音楽」島田雅彦・「イチの朝」高瀬千図・「艫綱」田野武裕・「ゆっくり東京女子マラソン」「入江の宴」干刈あがた

●選考委員　第90回の委員より、三浦哲郎、新委員に就任し9委員となる（欠席は開高、書面回答の大江の2委員）

難波利三「てんのじ村」

●初出　実業之日本社刊　昭和59・4

●決定　昭和59年7月16日

●他の候補作　「夏草の女たち」落合恵子・「溟い海峡」今井泉・「傾いた橋」小林久三・「海賊たちの城」白石一郎・「星影のステラ」林真理子・「弥次郎兵衛」山口洋子

●選考委員　第90回の委員より、黒岩重吾、渡辺淳一、新委員に就任し9委員となる（欠席は書面回答の五木委員）

●賞　前回と同じ

第92回

木崎さと子「青桐」

●初出　『文學界』昭和59・11

●決定　昭和60年1月17日

●他の候補作　「青空の行方」土居良一・「木の家」南木佳士・「刻」李良枝・「夏の淵」高瀬千図・「月の踏み跡」木辺弘児・「風のクロニクル」桐山襲

●選考委員　第91回の委員より、大江健三郎、委員辞任により8委員となる（欠席は書面回答の安岡委員）

●賞　前回と同じ

該当作品なし

●決定　昭和60年1月17日

●候補作　「アバターの島」樋口修吉・「影のプレーヤー」赤瀬川隼・「葡萄が目にしみる」林真理子・「やがて冬が終れば」北方謙三・「贋マリア伝」津木林洋・「聖夜の賭」落合恵子・「漱石と倫敦ミイラ殺人事件」島田荘司

●選考委員　前回と同じ（全委員出席）

昭和60年（1985）

第93回

該当作品なし

●決定　昭和60年7月18日
●候補作　「見えない絵」高橋睦郎・「僕は模造人間」島田雅彦・「黄色い斥候」海辺鷹彦・「掌の護符」石和鷹・「オーバー・フェンス」佐藤泰志・「ゼロはん」李起昇
●選考委員　第92回の委員より、丹羽文雄、委員辞任により7委員（遠藤周作、開高健、中村光夫、丸谷才一、三浦哲郎、安岡章太郎、吉行淳之介）となる（全委員出席）

山口洋子「演歌の虫」＊1
「老梅」＊2

●初出　（＊1『別冊文藝春秋』169号　昭和59・10
＊2『同』168号　昭和59・7）文藝春秋刊　昭和60・3
●決定　昭和60年7月18日
●他の候補作　「胡桃の家」林真理子・「ゆきなだれ」泡坂妻夫・「雨はいつまで降り続く」森詠・「名主の裔」杉本章子・「心映えの記」太田治子・「殺意の風景」宮脇俊三
●選考委員　第91回の委員より、源氏鶏太、委員辞任により8委員（井上ひさし、池波正太郎、五木寛之、黒岩重吾、水上勉、村上元三、山口瞳、渡辺淳一）となる（全委員出席）
●賞　前回と同じ

第94回

米谷ふみ子「過越しの祭」

●初出　『新潮』昭和60・7
●決定　昭和61年1月16日
●他の候補作　「小説伝」小林恭二・「卵」佐佐木邦子・「犬かけて」辻原登・「果つる日」石和鷹・「べ

森田誠吾「魚河岸ものがたり」

●初出　新潮社刊　昭和60・9

林　真理子「最終便に間に合えば」＊1
「京都まで」＊2

	第94回	昭和61年（1986）第95回
芥川賞	ッドタイムアイズ」山田詠美・「エチオピアからの手紙」南木佳士 ●選考委員　第93回の委員より、丸谷才一、委員辞任。水上勉・田久保英夫・古井由吉、新委員に就任し、9委員となる（全委員出席） ●賞　前回と同じ	**該当作品なし** ●決定　昭和61年7月17日 ●候補作　「風の詩」中村淳・「ボラ蔵の翼」海辺鷹彦・「ドンナ・アンナ」島田雅彦・「サンセット・ビーチ・ホテル」新井満・「ジェシーの背骨」山田詠美・「熱愛」村田喜代子・「比叡を仰ぐ」藤本恵子 ●選考委員　前回と同じ（欠席は中村委員）
直木賞	●初出　（＊1『オール讀物』昭和59・7　＊2『同』昭和59・10）文藝春秋刊　昭和60・11 ●決定　昭和61年1月16日 ●他の候補作　「サイレント・サウスポー」山崎光夫・「常夜燈」篠田達明・「背いて故郷」志水辰夫・「A列車で行こう」落合恵子・「夏、一九歳の肖像」島田荘司 ●選考委員　第93回の委員より、水上勉、芥川賞選考委員に移る。陳舜臣、藤沢周平、新委員に就任し9委員となる（全委員出席） ●賞　前回と同じ	**皆川博子「恋紅」** ●初出　新潮社刊　昭和61・3 ●決定　昭和61年7月17日 ●他の候補作　「吉原御免状」隆慶一郎・「画壇の月」もりたなるお・「百舌の叫ぶ夜」逢坂剛・「忍火山恋唄」泡坂妻夫・「元禄魔胎伝」篠田達明・「詐病」山崎光夫 ●選考委員　前回と同じ（全委員出席） ●賞　前回と同じ

昭和62年（1987）

第96回

該当作品なし

●決定　昭和62年1月16日
●候補作　「豚神祀り」山本昌代・「盟友」村田喜代子・「ホーム・パーティ」干刈あがた・「白い部屋」多田尋子・「未確認尾行物体」島田雅彦・「蝶々の纏足」山田詠美・「苺」新井満
●選考委員　第94回より、中村光夫、委員辞任により8委員となる（欠席は遠藤、安岡の2委員）

逢坂　剛「カディスの赤い星」

●初出　講談社刊　昭和61・7

常盤新平「遠いアメリカ」

●初出　（『小説現代』昭和60・7）講談社刊　昭和61・8
●決定　昭和62年1月16日
●他の候補作　「ダウンタウン・ヒーローズ」早坂暁・「ジェンナーの遺言」山崎光夫・「脱出のパスポート」赤羽堯・「鰈の縁側」小松重男・「アローン・アゲイン」落合恵子
●選考委員　前回と同じ（全委員出席）
●賞　前回と同じ

第97回

村田喜代子「鍋の中」

●初出　『文學界』昭和62・5
●決定　昭和62年7月16日
●他の候補作　「あしたの熱に身もほそり」飯田章・「東明の浜」尾崎昌躬・「草地の家々」飛鳥ゆう・「春のたより」山本昌代・「緑色の渚」夫馬基彦・「ヴェクサシオン」新井満

白石一郎「海狼伝」

●初出　（三社連合紙　昭和61　1・1〜9・23）文藝春秋刊　昭和62・2

山田詠美「ソウル・ミュージック ラバーズ・オンリー」

●初出　（『月刊カドカワ』昭和61・4、5、6、9、

第97回

●選考委員　第96回の委員より、安岡章太郎、遠藤周作、委員辞任。大庭みな子、河野多恵子、黒井千次、日野啓三、新委員に就任し10委員となる（欠席は開高委員）

●賞　前回と同じ

第98回

池澤夏樹「スティル・ライフ」

●初出　『中央公論』昭和62・10

三浦清宏「長男の出家」

●初出　『海燕』昭和62・9

●決定　昭和63年1月13日

●他の候補作　「カワセミ」図子英雄・「BARBER・ニューはま」清水邦夫・「ジョナリアの噂」吉田直哉・「金色の海」夫馬基彦・「遠方より」谷口哲秋

●選考委員　前回と同じ（全委員出席）

10、62・1、2、3）角川書店刊　昭和62・5

●決定　昭和62年7月16日

●他の候補作　「無名の楯」もりたなるお・「浮世又兵衛行状記」篠田達明・「虎口からの脱出」景山民夫・「津和野物語」三浦浩・「闇の葬列」高橋義夫・「こんぴらふねふね」伊藤栄

●選考委員　第94回の委員より、池波正太郎、委員辞任。田辺聖子、平岩弓枝、新委員に就任し10委員となる（全委員出席）

●賞　前回と同じ

阿部牧郎「それぞれの終楽章」

●初出　（『小説現代』昭和62・6～9）講談社刊　昭和62・11

●決定　昭和63年1月13日

●他の候補作　「幽霊記——小説・佐々木喜善」長尾宇迦・「ユーコン・ジャック」西木正明・「絆」小杉健治・「折鶴」泡坂妻夫・「大久保長安」堀和久・「海外特派員——消されたスクープ」三浦浩・作品集『梶川一行の犯罪』より「オールド・ルーキー」「梶川一行の犯罪」「それぞれの球譜」赤瀬川隼

●選考委員　前回と同じ（全委員出席）

●賞　前回と同じ

昭和63年（1988）

第99回

新井　満「尋ね人の時間」

●初出　『文學界』昭和63・6
●決定　昭和63年7月13日
●他の候補作　「端午」佐伯一麦・「雪迎え」岩森道子・「紅葉の秋の」夫馬基彦・「四日間」坂谷照美・「うたかた」吉本ばなな
●選考委員　前回と同じ（欠席は開高委員）
●賞　前回と同じ

南木佳士「ダイヤモンドダスト」

●初出　『文學界』昭和63・9

●賞　前回と同じ

西木正明「凍《しば》れる瞳」＊1「端島の女」＊2

●初出　（＊1『オール讀物』昭和63・5　＊2『別冊文藝春秋』172号　昭和60・7）文藝春秋刊　昭和63・5

景山民夫「遠い海から来たCOO《クー》」

●初出　（『野性時代』昭和62・6〜63・2）角川書店刊　昭和63・3
●決定　昭和63年7月13日
●他の候補作　「喝采」「隣のギャグはよく客食うギャグだ」阿久悠・「マドンナのごとく」藤堂志津子・「春日局」堀和久・「シベリヤ」小松重男・「刃差しの街」西村望
●選考委員　前回と同じ（全委員出席）
●賞　前回と同じ

藤堂志津子「熟れてゆく夏」

●初出　文藝春秋刊　昭和63・11

平成1年（1989）

第100回

李　良枝「由熙（ユヒ）」

●初出　『群像』昭和63・11
●決定　平成1年1月12日
●他の候補作　「バー螺旋のホステス笑子の周辺」司修・「月潟鎌を買いにいく旅」清水邦夫・「サンクチュアリ」吉本ばなな・「香水蘭」岩森道子・「単身者たち」多田尋子・「黄昏のストーム・シーディング」大岡玲
●選考委員　前回と同じ（全委員出席）
●賞　前回と同じ

第101回

該当作品なし

●決定　平成1年7月13日
●候補作　「完璧な病室」小川洋子・「水上往還」崎山多美・「さして重要でない一日」伊井直行・「裔の子」多田尋子・「帰れぬ人びと」鷺沢萠・「わが美しのポイズンヴィル」大岡玲・「静かな家」魚住陽子・「うちのお母んがお茶を飲む」荻野アンナ
●選考委員　前回と同じ（欠席は水上、書面回答の開高の2委員）

第100回

杉本章子「東京新大橋雨中図」

●初出　新人物往来社刊　昭和63・11
●決定　平成1年1月12日
●他の候補作　「ベルリン飛行指令」佐々木譲・「大空襲」もりたなるお・「漂流裁判」笹倉明・「夢空幻」堀和久・「正午位置《アウト・ゾーン》」古川薫
●選考委員　前回と同じ（全委員出席）
●賞　前回と同じ

第101回

笹倉　明「遠い国からの殺人者」

●初出　文藝春秋刊　平成1・4

ねじめ正一「高円寺純情商店街」

●初出　新潮社刊　平成1・2
●決定　平成1年7月13日
●他の候補作　「柳生非情剣」隆慶一郎・「幻のザビーネ」古川薫・「密約幻書」多島斗志之・「秘宝月山丸」高橋義夫・「墨ぬり少年オペラ」阿久悠
●選考委員　前回と同じ（全委員出席）

●賞　正賞＝時計　副賞＝１００万円

平成2年（1990）

第102回

瀧澤美恵子「ネコババのいる町で」
●初出　『文學界』平成1・12

大岡　玲「表層生活」
●初出　『文學界』平成1・12
●決定　平成2年1月16日
●他の候補作　「植物工場」長竹裕子・「白蛇の家」多田尋子・「流離譚」中村隆資・「ドアを閉めるな」荻野アンナ・「ダイヴィングプール」小川洋子
●選考委員　第97回の委員より、開高健、死去により9委員となる（欠席は水上委員）
●賞　正賞＝時計　副賞＝１００万円

星川清司「小伝抄」
●初出　『オール讀物』平成1・10

原　尞「私が殺した少女」
●初出　早川書房刊　平成1・10
●決定　平成2年1月16日
●他の候補作　「ハマボウフウの花や風」椎名誠・「金鯱の夢」清水義範・「後宮小説」酒見賢一
●選考委員　前回と同じ（欠席は村上委員）
●賞　前回と同じ

第103回

辻原　登「村の名前」
●初出　『文學界』平成2・6
●決定　平成2年7月16日
●他の候補作　「ショート・サーキット」佐伯一麦・「滝」奥泉光・「風鳥」清水邦夫・「冷めない紅茶」小川洋子・「スペインの城」荻野アンナ・「渇水」河林満

泡坂妻夫「蔭桔梗」
●初出　（『小説新潮』昭和62・10）新潮社刊　平成2・2
●決定　平成2年7月16日
●他の候補作　「北緯50度に消ゆ」高橋義夫・「帰りなん、いざ」志水辰夫・「風少女」樋口有介・「虚構市立不条理中学校」清水義範

第103回

●選考委員　第102回の委員より、大江健三郎・丸谷才一、委員に復帰し11委員（大江健三郎、大庭みな子、黒井千次、河野多惠子、田久保英夫、日野啓三、古井由吉、丸谷才一、三浦哲郎、水上勉、吉行淳之介）となる（欠席は水上委員）
●賞　前回と同じ

第104回

小川洋子「妊娠カレンダー」

●初出　『文學界』平成2・9
●決定　平成3年1月16日
●他の候補作　「踊ろう、マヤ」有爲エンジェル・「ドライヴしない？」村上政彦・「葉桜の日」鷺沢萠・「七面鳥の森」福元正實・「琥珀の町」稲葉真弓・「シマ籠る」崎山多美
●選考委員　第103回の委員より、水上勉、委員辞任により10委員となる（全委員出席）
●賞　前回と同じ

辺見　庸「自動起床装置」

●初出　『文學界』平成3・5

●選考委員　第97回の委員より、村上元三、委員辞任により9委員（井上ひさし、五木寛之、黒岩重吾、田辺聖子、陳舜臣、平岩弓枝、藤沢周平、山口瞳、渡辺淳一）となる（全委員出席）
●賞　前回と同じ

古川　薫「漂泊者のアリア」

●初出　（『山口新聞』平成1・9〜2・1）文藝春秋刊　平成2・10
●決定　平成3年1月16日
●他の候補作　「墨攻」酒見賢一・「水阿弥陀仏」「放屁権介」「人造記」東郷隆・「銃殺」もりたなるお・「天空の舟」宮城谷昌光・「無明の蝶」「四人め」「猫じゃ猫じゃ」「とろろ」出久根達郎・「死にとうない」堀和久
●選考委員　前回と同じ（全委員出席）
●賞　前回と同じ

宮城谷昌光「夏姫春秋」

●初出　海越出版社刊　平成3・4

第105回

荻野アンナ「背負い水」

●初出　『文學界』平成3・6
●決定　平成3年7月15日
●他の候補作　「ナイスボール」村上政彦・「別々の皿」魚住陽子・「静かな部屋」長竹裕子・「体温」多田尋子
●選考委員　前回と同じ（全委員出席）
●賞　前回と同じ

第106回

松村栄子「至高聖所《アバトーン》」

●初出　『海燕』平成3・10
●決定　平成4年1月16日
●他の候補作　「南港」藤本恵子・「暴力の舟」奥泉光・「青空」村上政彦・「夕映え」田野武裕・「毀れた絵具箱」多田尋子
●選考委員　前回と同じ（全委員出席）
●賞　前回と同じ

第105回

芦原すなお「青春デンデケデケデケ」

●初出　（『文藝』平成2・5号）河出書房新社刊平成3・1
●決定　平成3年7月15日
●他の候補作　「風吹峠」高橋義夫・「龍は眠る」宮部みゆき・「法王庁の避妊法」篠田達明
●選考委員　前回と同じ（全委員出席）
●賞　前回と同じ

第106回

高橋義夫「狼奉行」

●初出　『オール讀物』平成3・12

高橋克彦「緋い記憶」

●初出　（『小説新潮』昭和63・8臨増、『問題小説』昭和63・11、『小説宝石』平成3・3、『別冊小説宝石』昭和62・昭和63・平成2の各初夏特別号、『オール讀物』平成3・7）文藝春秋刊　平成3・10
●決定　平成4年1月16日
●他の候補作　「返事はいらない」宮部みゆき・「鉄塔の泣く街」小嵐九八郎・「猫間」東郷隆・「不思議島」多島斗志之・「人体模型の夜」中島らも
●選考委員　前回と同じ（全委員出席）

平成4年（1992）

第107回

藤原智美「運転士」

●初出 『群像』平成4・5
●決定 平成4年7月15日
●他の候補作 「アンダーソン家のヨメ」野中柊・「量子のベルカント」村上政彦・「昔の地図」塩野米松・「ほんとうの夏」鷺沢萠・「ペルソナ」多和田葉子・「樹木内侵入臨床士」安斎あざみ
●選考委員 前回と同じ（全委員出席）
●賞 前回と同じ

第108回

多和田葉子「犬婿入り」

●初出 『群像』平成4・12
●決定 平成5年1月13日
●他の候補作 「流れる家」魚住陽子・「消える島」小浜清志・「ゆうべの神様」角田光代・「チョコレット・オーガズム」野中柊・「三つ目の鯰」奥泉光
●選考委員 前回と同じ（全委員出席）
●賞 前回と同じ

●賞 前回と同じ

第107回

伊集院　静「受け月」

●初出 （『オール讀物』平成2・9、12、平成3・3、4、8、平成4・1、4）文藝春秋刊 平成4・5
●決定 平成4年7月15日
●他の候補作 「人びとの光景」内海隆一郎・「美味礼讃」海老沢泰久・「五左衛門坂の敵討」中村彰彦・「柏木誠治の生活」清水義範
●選考委員 前回と同じ（全委員出席）
●賞 前回と同じ

第108回

出久根達郎「佃島ふたり書房」

●初出 講談社刊 平成4・10
●決定 平成5年1月13日
●他の候補作 「風の渡る町」内海隆一郎・「打てや叩けや」東郷隆・「清十郎」小嵐九八郎・「火車」宮部みゆき
●選考委員 前回と同じ（欠席は書面回答の陳、藤沢の2委員）
●賞 前回と同じ

第110回	第109回
奥泉 光「石の来歴」 ●初出 『文學界』平成5・12 ●決定 平成6年1月13日 ●他の候補作 「もう一つの扉」角田光代・「二百回忌」笙野頼子・「平成3年5月2日、後天性免疫不全症候群にて急逝された明寺伸彦博士、並びに……」石黒達昌・「19分25秒」引間徹・「母なる凪と父なる時化」辻仁成 ●選考委員 前回と同じ(全委員出席)	**吉目木晴彦「寂寥郊野」** ●初出 『群像』平成5・1 ●決定 平成5年7月15日 ●他の候補作 「ピンク・バス」角田光代・「オレオレの日」塩野米松・「海で三番目に強いもの」久間十義・「分界線」村上政彦・「穀雨」河林満 ●選考委員 前回と同じ(欠席は三浦委員) ●賞 前回と同じ
佐藤雅美「恵比寿屋喜兵衛手控え」 ●初出 講談社刊 平成5・10 **大沢在昌「新宿鮫 無間人形」** ●初出 読売新聞社刊 平成5・10 ●決定 平成6年1月13日 ●他の候補作 「鮭を見に」内海隆一郎・「おらホの選挙」小嵐九八郎・「保科肥後守お耳帖」中村彰彦・「最後の逃亡者」熊谷独・「ファザーファ	**髙村 薫「マークスの山」** ●初出 早川書房刊 平成5・3 **北原亞以子「恋忘れ草」** ●初出 (『オール讀物』平成3・1、6、10、平成4・4、8、12)文藝春秋刊 平成5・5 ●決定 平成5年7月15日 ●他の候補作 「ガラスの墓標」今井泉・「真冬の誘拐者」本岡類・「ガダラの豚」中島らも ●選考委員 前回と同じ(全委員出席) ●賞 前回と同じ

平成6年（1994）

●賞　前回と同じ

ツカー」内田春菊
●選考委員　前回と同じ（全委員出席）
●賞　前回と同じ

第111回

笙野頼子「タイムスリップ・コンビナート」
●初出　『文學界』平成6・6

室井光広「おどるでく」
●初出　『群像』平成6・4
●決定　平成6年7月13日
●他の候補作　「アメリカの夜」阿部和重・「後生《グソウ》橋」小浜清志・「不幸の探究」中原文夫・「空っぽの巣」塩野米松・「これは餡《あん》パンではない」三浦俊彦
●選考委員　前回と同じ（欠席は吉行委員）
●賞　前回と同じ

中村彰彦「二つの山河」
●初出　『別册文藝春秋』207号　平成6・4

海老沢泰久「帰郷」
●初出　（『オール讀物』平成4・5、10、平成5・2、6、8、11）文藝春秋刊　平成6・3
●決定　平成6年7月13日
●他の候補作　「一九三四年冬――乱歩」久世光彦・「彷徨える帝」安部龍太郎・「終りみだれぬ」東郷隆・「蛇鏡」坂東眞砂子
●選考委員　第103回の委員より、陳舜臣、辞任により8委員となる（全委員出席）
●賞　前回と同じ

第112回

該当作品なし
●決定　平成7年1月12日
●候補作　「キオミ」内田春菊・「光の形象」伊達一行・「地下鉄の軍曹」引間徹・「蜜林レース」三浦

該当作品なし
●決定　平成7年1月12日
●候補作　「永遠も半ばを過ぎて」中島らも・「桃色浄土」坂東眞砂子・「風が呼んでる」小嵐九八

平成7年（1995）

俊彦・「ドッグ・ウォーカー」中村邦生
●選考委員　第104回の委員より、吉行淳之介、死去により9委員となる（全委員出席）

郎・「いまひとたびの」志水辰夫・「高杉晋作」池宮彰一郎
●選考委員　前回と同じ（全委員出席）

第113回

保坂和志「この人の閾（いき）」
●初出　『新潮』平成7・3
●決定　平成7年7月18日
●他の候補作　「フルハウス」柳美里・「外回り」藤沢周・「漂流物」車谷長吉・「婆」川上弘美・「ジェロニモの十字架」青来有一
●選考委員　前回と同じ（全委員出席）
●賞　前回と同じ

赤瀬川　隼「白球残映」
●初出　（『別冊文藝春秋』171号　昭和60・4、『オール讀物』昭和60・7、平成5・4、平成6・5）文藝春秋刊　平成7・5
●決定　平成7年7月18日
●他の候補作　「そは何者」東郷隆・「夏の災厄」篠田節子・「夜を賭けて」梁石日・「千里の馬」池宮彰一郎・「百面相」内海隆一郎
●選考委員　第111回の委員より、阿刀田高・津本陽、新委員就任、10委員となる（欠席は藤沢委員）
●賞　前回と同じ

第114回

又吉栄喜「豚の報い」
●初出　『文學界』平成7・11
●決定　平成8年1月11日
●他の候補作　「もやし」柳美里・「森への招待」中村邦生・「三月生まれ」伊井直行・「クレオメ」原口真智子・「エクリチュール元年」三浦俊彦

小池真理子「恋」
●初出　早川書房刊　平成7・10

藤原伊織「テロリストのパラソル」
●初出　講談社刊　平成7・9
●決定　平成8年1月11日

平成8年（1996）

第115回	第114回
川上弘美「蛇を踏む」 ●初出　『文學界』平成8・3 ●決定　平成8年7月17日 ●他の候補作　「ペーパーノーチラス」塩野米松・「海鳴り」山本昌代・「天安門」リービ英雄・「バスタオル」福島次郎・「ウネメの家」青来有一 ●選考委員　前回と同じ(欠席は大江、書面回答の大庭の2委員) ●賞　前回と同じ **柳　美里「家族シネマ」** ●初出　『群像』平成8・12	●選考委員　第112回の委員より、石原慎太郎・池澤夏樹・宮本輝、新委員に就任し、12委員(大江健三郎、大庭みな子、黒井千次、河野多恵子、田久保英夫、日野啓三、古井由吉、丸谷才一、三浦哲郎、石原慎太郎、池澤夏樹、宮本輝)となる(全委員出席) ●賞　前回と同じ
乃南アサ「凍える牙」 ●初出　新潮社刊　平成8・4 ●決定　平成8年7月17日 ●他の候補作　「仄暗い水の底から」鈴木光司・「カノン」篠田節子・「蒼穹の昴」浅田次郎・「人質カノン」宮部みゆき ●選考委員　第114回の委員より、藤沢周平、辞任により8委員となる(全委員出席) ●賞　前回と同じ **坂東眞砂子「山妣《やまはは》」** ●初出　新潮社刊　平成8・11	●他の候補作　「巴里からの遺言」藤田宜永・「龍の契り」服部真澄・「スキップ」北村薫・「異形の寵児」高橋直樹 ●選考委員　第113回の委員より、山口瞳、死去により9委員(阿刀田高、五木寛之、井上ひさし、黒岩重吾、田辺聖子、津本陽、平岩弓枝、藤沢周平、渡辺淳一)となる(欠席は藤沢委員) ●賞　前回と同じ

第116回

辻 仁成「海峡の光」

●初出 『新潮』平成8・12
●決定 平成9年1月16日
●他の候補作 「くっすん大黒」町田康・「いちげんさん」デビット・ゾペティ・「夜の落とし子」伊達一行・「泥海の兄弟」青来有一
●選考委員 前回と同じ(欠席は大江、大庭の2委員)
●賞 前回と同じ

●決定 平成9年1月16日
●他の候補作 「不夜城」馳星周・「蒲生邸事件」宮部みゆき・「ゴサインタン」篠田節子・「カウント・プラン」黒川博行
●選考委員 前回と同じ(全委員出席)
●賞 前回と同じ

平成9年(1997)

第117回

目取真 俊「水滴」

●初出 『文學界』平成9・4
●決定 平成9年7月17日
●他の候補作 「葡萄」佐藤亜有子・「サイゴン・ピックアップ」藤沢周・「水のみち」伊達一行・「君はこの国を好きか」鷺沢萠・「最後の息子」吉田修一
●選考委員 第114回の委員より、大江健三郎・大庭みな子、委員退任により、10委員となる(欠席は三浦委員)
●賞 前回と同じ

篠田節子「女たちのジハード」

●初出 (『小説すばる』平成6・7、10、平成7・1、3、6、8、10、平成8・1、3、5、8)集英社刊 平成9・1

浅田次郎「鉄道員《ぽっぽや》」

●初出 (『小説すばる』平成7・11、平成8・5、9、11、平成9・1、『小説新潮』平成9・1、『オール讀物』平成7・11、平成8・3)集英社刊 平成9・4
●決定 平成9年7月17日
●他の候補作 「樹下の想い」藤田宜永・「受難」姫野カオルコ・「疫病神」黒川博行・「幻の声」宇江佐真理

	平成10年（1998）	
	第119回	第118回
●選考委員　前回と同じ（全委員出席） ●賞　前回と同じ	**藤沢　周「ブエノスアイレス午前零時」** ●初出　『文藝』平成10・夏号 **花村萬月「ゲルマニウムの夜」** ●初出　『文學界』平成10・6 ●決定　平成10年7月16日 ●他の候補作　「けものがれ、俺らの猿と」町田康・「青山」辻章・「濁世」大塚銀悦・「ハウス・プラント」伊藤比呂美・「脳病院へまゐります。」若合春侑 ●選考委員　第117回の委員より丸谷才一辞任、9委員となる（欠席は書面回答の日野委員）	**該当作品なし** ●決定　平成10年1月16日 ●候補作　「トライアングルズ」阿部和重・「破片」吉田修一・「げつようびのこども」広谷鏡子・「砂と光」藤沢周・「ハドソン河の夕日」弓透子 ●選考委員　前回と同じ（全委員出席）
	車谷長吉「赤目四十八瀧心中未遂」 ●初出　（『文學界』平成8・11～平成9・10）文藝春秋刊　平成10・1 ●決定　平成10年7月16日 ●他の候補作　「定年ゴジラ」重松清・「兄弟」なかにし礼・「洛中の露」東郷隆・「血と骨」梁石日・「桜花《さくら》を見た」宇江佐真理・「喜知次」乙川優三郎 ●選考委員　前回と同じ（全委員出席） ●賞　前回と同じ	**該当作品なし** ●決定　平成10年1月16日 ●候補作　「ターン」北村薫・「冤罪者」折原一・「嗤う伊右衛門」京極夏彦・「ＯＵＴ」桐野夏生・「風車《カジマヤー》祭」池上永一 ●選考委員　前回と同じ（全委員出席）

平成11年(1999)

●賞　前回と同じ

第120回

平野啓一郎「日蝕」

●初出　『新潮』平成10・8
●決定　平成11年1月14日
●他の候補作　「カタカナ三十九字の遺書」若合春侑・「あなたがほしい」安達千夏・「蝶のかたみ」福島次郎・「ヴァイブレータ」赤坂真理
●選考委員　前回と同じ(全委員出席)
●賞　前回と同じ

宮部みゆき「理由」

●初出　(『朝日新聞』夕刊平成8・9〜平成9・9)朝日新聞社刊　平成10・6
●決定　平成11年1月14日
●他の候補作　「この闇と光」服部まゆみ・「逃げ水半次無用帖」久世光彦・「秘密」東野圭吾・「夜光虫」馳星周・「陰の季節」横山秀夫
●選考委員　前回と同じ(全委員出席)
●賞　前回と同じ

第121回

該当作品なし

●決定　平成11年7月15日
●候補作　「恋の休日」藤野千夜・「壺中の獄」大塚銀悦・「ラニーニャ」伊藤比呂美・「幽(かすか)」松浦寿輝・「掌の小石」若合春侑・「おっぱい」玄月・「信長の守護神」青来有一
●選考委員　前回と同じ(全委員出席)

佐藤賢一「王妃の離婚」

●初出　集英社刊　平成11・2

桐野夏生「柔らかな頬」

●初出　講談社刊　平成11・4
●決定　平成11年7月15日
●他の候補作　「紫紺のつばめ」宇江佐真理・「文福茶釜」黒川博行・「永遠の仔」天童荒太
●選考委員　前回と同じ(全委員出席)

●賞　前回と同じ

平成12年（2000）

第122回

玄月「蔭の棲みか」
●初出　『文學界』平成11・11

藤野千夜「夏の約束」
●初出　『群像』平成11・12
●決定　平成12年1月14日
●他の候補作　「突風」吉田修一・「サーチエンジン・システムクラッシュ」宮沢章夫・「Tiny, tiny」濱田順子・「ミューズ」赤坂真理・「零歳の詩人」楠見朋彦
●選考委員　前回と同じ（欠席は日野委員）
●賞　前回と同じ

なかにし礼「長崎ぶらぶら節」
●初出　（『オール讀物』平成10・7）文藝春秋刊　平成11・11
●決定　平成12年1月14日
●他の候補作　「白夜行」東野圭吾・「M」馳星周・「亡国のイージス」福井晴敏・「ボーダーライン」真保裕一
●選考委員　前回と同じ（全委員出席）
●賞　前回と同じ

第123回

町田　康「きれぎれ」
●初出　『文學界』平成12・5

松浦寿輝「花腐《くた》し」
●初出　『群像』平成12・5
●決定　平成12年7月14日

船戸与一「虹の谷の五月」
●初出　（『小説すばる』平成10・7〜平成12・3）集英社刊　平成12・5

金城一紀「GO」
●初出　講談社刊　平成12・3

●他の候補作　「楽天屋」岡崎祥久・「マルコ・ポーロと私」楠見朋彦・「猫の喪中」佐藤洋二郎・「裸」大道珠貴
●選考委員　第119回の委員より、村上龍、新委員に就任し、10委員（池澤夏樹、石原慎太郎、黒井千次、河野多惠子、田久保英夫、日野啓三、古井由吉、三浦哲郎、宮本輝、村上龍）となる（全委員出席）
●賞　前回と同じ

第124回

青来有一「聖水」

●初出　『文學界』平成12・12

堀江敏幸「熊の敷石」

●初出　『群像』平成12・12
●決定　平成13年1月16日
●他の候補作　「もどろき」黒川創・「水の舳先」玄侑宗久・「スッポン」大道珠貴・「熱帯魚」吉田修一
●選考委員　前回と同じ（全委員出席）
●賞　前回と同じ

●決定　平成12年7月14日
●他の候補作　「雷桜」宇江佐真理・「蔓の端々」乙川優三郎・「カカシの夏休み」重松清・「ストロボ」真保裕一
●選考委員　第115回の委員より、北方謙三・林真理子・宮城谷昌光、新委員に就任し、11委員（阿刀田高、五木寛之、井上ひさし、北方謙三、黒岩重吾、田辺聖子、津本陽、平岩弓枝、渡辺淳一、林真理子、宮城谷昌光）となる（全委員出席）
●賞　前回と同じ

山本文緒「プラナリア」

●初出　（『小説現代』平成11・7、『小説新潮』平成12・3、『オール讀物』平成12・2、8、10）文藝春秋刊　平成12・10

重松　清「ビタミンF」

●初出　（『小説新潮』平成11・3、平成12・2〜7）新潮社刊　平成12・8
●決定　平成13年1月16日
●他の候補作　「岡山女」岩井志麻子・「コンセント」田口ランディ・「あふれた愛」天童荒太・「動

平成13年（2001）

第125回

玄侑宗久「中陰の花」

●初出　『文學界』平成13・5
●決定　平成13年7月17日
●他の候補作　「ニッポニアニッポン」阿部和重・「ジャムの空壜」佐川光晴・「処方箋」清水博子・「サイドカーに犬」長嶋有・「光への供物」和田ゆりえ
●選考委員　第123回の委員より、田久保英夫、死去により9委員となる（全委員出席）
●賞　前回と同じ

第126回

長嶋　有「猛スピードで母は」

●初出　『文學界』平成13・11
●決定　平成14年1月16日
●他の候補作　「真夜中の方へ」石黒達昌・「南へ下る道」岡崎祥久・「グラウンド」鈴木弘樹・「ゆううつな苺」大道珠貴・「六フィート下から」法

機」横山秀夫
●選考委員　前回と同じ（全委員出席）
●賞　前回と同じ

第125回

藤田宜永「愛の領分」

●初出　（『別冊文藝春秋』223～231号　平成10・4～平成12・4）文藝春秋刊　平成13・5
●決定　平成13年7月17日
●他の候補作　「邪魔」奥田英朗・「黄金の島」真保裕一・「モザイク」田口ランディ・「片想い」東野圭吾・「われはフランソワ」山之口洋
●選考委員　前回と同じ（全委員出席）
●賞　前回と同じ

第126回

山本一力「あかね空」

●初出　文藝春秋刊　平成13・10

唯川　恵「肩ごしの恋人」

●初出　（『鳩よ！』平成11・4～平成12・11）マガジンハウス刊　平成13・9

平成14年（2002）

第127回

月ゆり
●選考委員　第125回の委員より、高樹のぶ子、新委員に就任し、10委員となる（欠席は書面回答の三浦委員）
●賞　前回と同じ

吉田修一「パーク・ライフ」
●初出　『文學界』平成14・6
●決定　平成14年7月17日
●他の候補作　「イカロスの森」黒川創・「縮んだ愛」佐川光晴・「彼女のピクニック宣言」法月ゆり・「砂の惑星」星野智幸・「西日の町」湯本香樹実
●選考委員　前回と同じ（欠席は日野、書面回答の池澤、三浦の3委員）
●賞　前回と同じ

大道珠貴「しょっぱいドライブ」
●初出　『文學界』平成14・12
●決定　平成15年1月16日

●決定　平成14年1月16日
●他の候補作　「娼年」石田衣良・「かずら野」乙川優三郎・「国境」黒川博行・「めくじゃれ瓢六」諸田玲子
●選考委員　前回と同じ（欠席は書面回答の田辺委員）
●賞　前回と同じ

乙川優三郎「生きる」
●初出　（『オール讀物』平成11・5、平成12・9、平成13・8）文藝春秋刊　平成14・1
●決定　平成14年7月17日
●他の候補作　「斬られ権佐」宇江佐真理・「泳ぐのに、安全でも適切でもありません」江國香織・「イン・ザ・プール」奥田英朗・「花伽藍」中山可穂・「非道、行ずべからず」松井今朝子
●選考委員　前回と同じ（全委員出席）
●賞　前回と同じ

該当作品なし
●決定　平成15年1月16日
●候補作　「骨音」石田衣良・「マドンナ」奥田英

平成15年（2003）

第128回

●他の候補作　「水死人の帰還」小野正嗣・「リトル・バイ・リトル」島本理生・「銃」中村文則・「イエロー」松井雪子・「鏡の森」和田ゆりえ
●選考委員　第126回の委員より、日野啓三、死去により9委員となる（全委員出席）
●賞　前回と同じ

第129回

吉村萬壱「ハリガネムシ」

●初出　『文學界』平成15・5
●決定　平成15年7月17日
●他の候補作　「イッツ・オンリー・トーク」絲山秋子・「お縫い子テルミー」栗田有起・「夏休み」中村航・「遮光」中村文則
●選考委員　第128回の委員より、山田詠美、新委員に就任し、10委員となる（全委員出席）
●賞　前回と同じ

第128回

朗・「空中庭園」角田光代・「覗《のぞ》き小平次」京極夏彦・「似せ者《もん》」松井今朝子・「半落ち」横山秀夫
●選考委員　前回と同じ（全委員出席）

第129回

石田衣良「4TEEN　フォーティーン」

●初出　（『小説新潮』平成11・7、平成13・5、12、平成14・3、6、8）新潮社刊　平成15・5

村山由佳「星々の舟」

●初出　（『別冊文藝春秋』237〜242号　平成14・1〜平成14・11）文藝春秋刊　平成15・3
●決定　平成15年7月17日
●他の候補作　「重力ピエロ」伊坂幸太郎・「神田堀八つ下がり」宇江佐真理・「繋がれた明日」真保裕一・「手紙」東野圭吾
●選考委員　第123回の委員より、黒岩重吾、死去により10委員となる（全委員出席）
●賞　前回と同じ

第130回

金原ひとみ「蛇にピアス」
●初出 『すばる』平成15・11
綿矢りさ「蹴りたい背中」
●初出 『文藝』平成15・秋号
●決定 平成16年1月15日
●他の候補作 「海の仙人」絲山秋子・「生まれる森」島本理生・「ぐるぐるまわるすべり台」中村航
●選考委員 前回と同じ（全委員出席）
●賞 前回と同じ

江國香織「号泣する準備はできていた」
●初出 （『小説新潮』平成14・3、7、10、平成15・1、4、7、『サントリークォータリー』67〜72号 平成13・9〜15・4）新潮社刊 平成15・11
京極夏彦「後巷説百物語」
●初出 （『怪』11〜15号 平成13・9〜15・8）角川書店刊 平成15・11
●決定 平成16年1月15日
●他の候補作 「都市伝説セピア」朱川湊人・「生誕祭」馳星周・「ツ、イ、ラ、ク」姫野カオルコ
●選考委員 前回と同じ（全委員出席）
●賞 前回と同じ

芥川・直木賞宣言

一、故芥川龍之介、直木三十五兩氏の名を記念する爲茲に「芥川龍之介賞」並びに「直木三十五賞」を制定し、文運隆盛の一助に資することゝした。

一、右に要する賞金及び費用は文藝春秋社が之を負擔する。

芥川・直木賞委員會

芥川龍之介賞規定

一、芥川龍之介賞は個人賞にして廣く各新聞雜誌（同人雜誌を含む）に發表されたる無名若しくは新進作家の創作中最も優秀なるものに呈す。

二、芥川龍之介賞は賞牌（時計）を以てし別に副賞として金五百圓也を贈呈す。

三、芥川龍之介賞受賞者の審査は「芥川賞委員」之を行ふ。委員は故人と交誼あり且つ本社と關係深き左の人々を以て組織す。

菊池寛・久米正雄・山本有三・佐藤春夫・谷崎潤一郎・室生犀星・小島政二郎・佐佐木茂索・瀧井孝作・横光利一・川端康成（順序不同）

四、芥川龍之介賞は六ケ月毎に審査を行ふ。適當なるものなき時は授賞を行はず。

五、芥川龍之介賞受賞者には「文藝春秋」の誌面を提供し創作一篇を發表せしむ。

直木三十五賞規定

一、直木三十五賞は個人賞にして廣く各新聞雜誌（同人雜誌を含む）に發表されたる無名若しくは新進作家の大衆文藝中最も優秀なるものに呈す。

二、直木三十五賞は賞牌（時計）を以てし別に副賞として金五百圓也を贈呈す。

三、直木三十五賞受賞者の審査は「直木賞委員」之を行ふ。委員は故人と交誼あり且つ本社と關係深き左の人々を以て組織す。

菊池寛・久米正雄・吉川英治・大佛次郎・小島政二郎・三上於菟吉・白井喬二・佐佐木茂索（順序不同）

四、直木三十五賞は六ケ月毎に審査を行ふ。適當なるもののなき場合は授賞を行はず。

五、直木三十五受賞者には「オール讀物」の誌面を提供し大衆文藝一篇を發表せしむ。

一、第一期受賞資格を昭和十年一月號より六月號迄の各新聞雜誌に發表の作品と定む。

一、審査の結果發表は「文藝春秋」十月號及び「話」「オール讀物」の各十一月號誌上を以てす。

一、受賞者には各賞授與式を行ひ、又委員會及び委員より、廣く各新聞雜誌へ引續き作品紹介の勞をとる。

「文藝春秋」昭和10年1月号より

豊田健次（とよだ けんじ）

1936年東京生れ。59年早稲田大学文学部卒業。同年文藝春秋に入社。「週刊文春」「文學界」「オール讀物」編集部を経て、「文學界・別冊文藝春秋」編集長に。その後「オール讀物」編集長、「文春文庫」部長、出版局長、取締役・出版総局長などを歴任。

文春新書

365

それぞれの芥川賞《あくたがわしよう》 直木賞《なおきしよう》

平成16年2月20日 第1刷発行

著　者　豊 田 健 次
発行者　浅 見 雅 男
発行所　株式会社 文 藝 春 秋

〒102-8008 東京都千代田区紀尾井町3-23
電話 (03) 3265-1211（代表）

印刷所　理 想 社
付物印刷　大 日 本 印 刷
製本所　大 口 製 本

定価はカバーに表示してあります。
万一、落丁・乱丁の場合は送料小社負担でお取替え致します。

ISBN4-16-660365-5

近藤淑子